新 潮 文 庫

イタリア遺聞

塩野七生著

新 潮 社 版

5239

目次

イタリア遺聞

第一話　ゴンドラの話

一度もヴェネツィアを訪れたことのない人でも、ゴンドラだけは、話に聴いたか映画で見たかして知っているにちがいない。

そして、ほとんどの人は、ゴンドラと言われれば、海の都ヴェネツィアの運河を軽やかにすべっていく、黒いしなやかな小舟を思い出すであろう。ヴェネツィアと言えばゴンドラ、ゴンドラと言えば黒とまるで連想ゲームのようだけれど、ゴンドラと黒は切り離せないのだと、今では誰もが思って疑わない。たしかに、黒一色のしなやかな小舟は美しい。華麗な色彩の洪水《こうずい》の上に薄いヴェールをかけたようなヴェネツィアの街並みを背景にすると、黒いゴンドラは、色彩感覚の極致に達した選択だという気がしてくる。つまり、風景をしめてくれるのである。ゴンドラの色を決めるとすれば黒しかない、と誰でも思うのは当然だ。

ところが、ゴンドラは、はじめから黒く塗られていたのでもないし、また、ある時期に色彩感覚の鋭い人によって、黒と決められたわけでもないのである。

では、いつ頃《ごろ》から、また何の理由で黒に塗られるようになったのであろうか。

子供のオモチャに、いろいろな形の木片を組み合わせて、あるひとつの像にする遊びがある。ヴェネツィアの地図を見るたびに、私はそれを思い出す。ただし、すべての木片は少しずつ離れて置かれねばならない。木片と木片の間は、小さな輪か何かでつなぐ。そしてそれを、ひたひたに水をたたえた盆の上に置くと、ヴェネツィアが出来あがる。木片は島、木片と木片の間の水の流れるすき間は運河、木片をつなぐ輪は橋だと考えればよい。

ヴェネツィアという世界に類を見ない都市は、こんな具合に一五五の島、一七七の運河、四一〇の橋から成り立っている。すき間のあいた寄木細工のようにかたまったその間を、まるで町の中央を流れる川のように、Z型に大運河が通っている。周辺の島へ行くにも本土へ行くにも舟、舟、舟。本土と結ぶ橋や鉄橋も、十九世紀に入ってから作られたものだ。

運河は、大運河以外はみな狭くて浅い。大運河も、現在ある三つの橋のうち二つは十九世紀に入ってからかけられたもので、それまではリアルト橋ひとつしかなかった。当然、小舟による「渡し」が必要になってくる。

このような現実を前にして、ヴェネツィア人は、それに最も適した性能を持つ小舟を考えだした。吃水線《きっすいせん》の浅い、船底が平たい、しかも細身の、ゴンドラと呼ぶ小舟を。

ゴンドラという名称が史料に出てくる最初は、十一世紀にさかのぼる。しかし、その頃のゴンドラは、後世のそれに比べて太身で、十二人もの漕《こ》ぎ手を必要としたものであったらしい。詳細な記述もデッサンも残されていないので、想像するしかないが、十二人の漕ぎ手を必要としたという説明からすれば、帆なしのガレー船の小型と考えるしかない。当時は、埋立てがそれほど進んでいなかったから、運河も、後世に比べて広かったためであろう。

だが、それから十五世紀の後半までの四世紀もの間、われわれはゴンドラがどのような改良をなされたのかを追うことができない。まったく記録が残っていないのである。ところが十五世紀も後半に入ると、まるで一晩で開いた花のように、ゴンドラがわれわれの眼《め》に入ってくる。風俗画を描くのが得意だったカルパッチョのおかげである。

だが、その頃のゴンドラは、だいたいの形は現在のに似ているが、まだまだ吃水が深すぎる感じを与える。それに、ゴンドラの特徴である、クシ型の舳先《へさき》の飾りがまだない。しかし、現代ではなくなってしまっている「フェルゼ」と呼ぶ小さな船室はある。

十六世紀ともなるとゴンドラは、まさに満開の花のようだ。小舟全体が好みの色で塗られる。中には、元首の御用船と同じに金色に塗ったものまであらわれた。「フェルゼ」も、刺《し》繡《しゅう》をほどこした高価な布で張られ、ブロケードやビロードは普通のことになる。当時ではよほどの金持の家でないと使われなかったガラスを用いた、小さな窓まで付いたものまで出てくる。中に置かれるクッションはもちろん絹張り。椅子《いす》も大理石のものをそなえたゴンドラまで現われた。船底には、これまた高価なペルシャのじゅうたんが敷きつめられ、漕ぎ手には、どこの王子様かと思われる高価な服を着た黒人奴隷《どれい》を使う。この贅沢《ぜいたく》のエスカレートぶりに、

〃有産階級には法の公正を、無産階級には日々のパンを〃

をモットーにしていたヴェネツィア共和国政府が怒ったのも当り前である。

当時のヴェネツィアには、自家用とタクシーとを合わせて計一万のゴンドラがあったという。しかも、贅沢のエスカレートは、何も自家用のゴンドラに限ってのことではなかった。タクシー用のゴンドラも、自家用に負けてはならじと贅沢競争に精をだしたのだからたまらない。大運河は、まるで花園のようであったろう。政府は、「贅沢取締委員会」に全権を委任し、ゴンドラを黒一色にする大仕事に着手する。

しかし、各国大使のゴンドラは治外法権の建前から、「贅沢取締委員会」の勧告を守らなくてもよいので以前のままの極彩色を続ける。それに刺激されて、金持も黒にする気になれない。また、有産階級に対する意地から、タクシー用ゴンドラも、自ら先に立って倹約法令を実施することなど真平というわけで、事態はいっこうに変らないのであった。

余談だが、私には、タクシー用ゴンドラの漕ぎ手たちを調べていて、江戸時代の火消しが思い出されてならなかった。狭く浅い運河を漕ぐのは相当の技術と熟練を要するから、自然、

ゴンドラの漕ぎ手《ゴンドリエレ》たちは自分たちの仕事に誇りを持つ。また、気っぷの良さでも似ているし、国の祝事とか賓客の歓待となると彼らが駆り出され、舟の上で人間のピラミッドを作ったりするのも、出初式と似ていないこともない。火消しを江戸の華と言うなら、ゴンドリエレも、かつてのヴェネツィアでは、ヴェネツィアの華と言えたのではないかと思うのだ。

　これでは、彼らが金持の自家用ゴンドラになんか負けてはたまるか、と思ったとしても、当然のような気がするのである。

　そうこうするうちに、十七世紀に入る。政府とゴンドラの戦いは、少しずつ政府側に有利に向いつつあった。ゴンドリエレの負けん気に衰えがきたわけではない。ヴァスコ・ダ・ガマのインドへの新航路発見やトルコとの絶え間ない戦いによるヴェネツィアの経済力の衰えが、こんな方面にも影をさしてきたのであった。

　一六三三年の法令が、それを決定した。

「黒いラシャ以外の使用はならぬ」

　羅紗《ラシャ》は当時のヴェネツィアでは、きめの粗い毛の布地を指し、黒のそれは、普通の家の寝台のカバーに使われていたものである。

　船室《フェルゼ》のおおいも黒のラシャ、船体はもとより黒。これは、当時のヴェネツィアの人にとっては、ヴェネツィア貴族の女の栄華はフランス王妃のそれをもしのぐ、と言われたひと昔前を思い出して、感無量であったかもしれない。

黒一色のゴンドラは、観光ガイドの説明にあるような、ペストによる死者をしのぶ喪の色として黒になったわけではない。あくまでも倹約のためであり、ヴェネツィア共和国の経済力衰退の象徴だったのである。ヴェネツィアにかぎらず、カトリック諸国の正式な喪の色は黒ではなく、紫なのだから。

十八世紀に入ると、ゴンドラはすべて光沢のある黒一色になった。同時に、船体もそれにふさわしく、より軽やかにしなやかに変る。今はない小さな船室《フェルゼ》を除けば、われわれが現在見るのと同じ形に定着したのもこの頃であった。カナレットの絵がそれを証明してくれる。やはり同じ頃、治外法権でヴェネツィアの法を守る必要のなかった各国の大使所有のゴンドラも、黒になった。竜骨《りゅうこつ》の五分の二が水上に出ている、黒い水鳥のような美しさが、ヴェネツィアに代ってヨーロッパの強国となったフランスやスペインから派遣されている大使たちにさえ、金銀で飾ろうという気を起させなかったのかもしれない。

一七八六年にヴェネツィアを訪れたゲーテが、毎日のように乗っていたというゴンドラも、この型のものであったろう。当時でさえ観光客用のゴンドラは、決して安い乗物ではなかった。一晩乗りまわすと、一応のホテルの一泊の値段と同じくらいになった。現代とのちがいは、当時が一晩単位であったのに比べ、今は一時間がベース、次いで三十分ごとに加算されることぐらいである。

いや、もうひとつある。ゲーテは、ゴンドリエレの歌うタッソーの詩を聴き、「涙がでるほど感動」できたけれど、われわれは、戦後のアメリカ人観光客の悪趣味のおかげで、ヴェネツィアにいながらナポリ民謡を聴かされ、涙も引っこむほどしらけることである。

第二話 デスデモナのハンカチーフ

私の手許《てもと》に、古色蒼然《こしょくそうぜん》とした一枚のハンカチーフがある。二十センチほどの薄いベージュ色の四角な絹地の周囲を、同じくらいの幅で同色のレースが、かこんでいるものである。一辺だけでも六十センチは越えるのだから、女物のハンカチーフとしては大きいほうであろう。ヴェネツィア製だ。

周辺のレースは、繊細な出来ながらいまだにどこもほつれたところはないが、中央の絹地のほうが、四つにたたんだ線のところから五センチほど十字に切れてしまっていて、実用にはならない。百年近くも経たものとて仕方ないのだが、あまりにも繊細で精巧なこのレースのハンカチーフを眺《なが》めていると、その昔、ヨーロッパ中のお洒落《しゃれ》な人々が一枚は欲しいと願った、有名なヴェネツィア製のレースの見事さがしのばれてくる。実用にならないからといってしまいこむのも残念な気がして、濃いブルーの地の上に置いて額に入れ、寝室の壁にでも掛けようかと考えている。夫の曾祖母《そうそぼ》にあたる人が、嫁入りしてきた時に持ってきた品のひとつであるという。彼女は、大使をやめた後もそのままヴェネツィアに住みついた、フランスの外交官の家に生れた。

いつ頃《ごろ》からであろうか、われわれがハンカチーフを使わなくなったのは。私がまだ少女の頃は、レースとはいかなくても木綿にしても、毎日新しいハンカチーフを持って学校へ通ったものであった。アイロンをかけるのがいやで、浴室のタイルの壁に張りつけて乾かしたのをおぼえている。

どうやらハンカチーフは、ティッシュ・ペーパーに駆逐されて消えてしまったのであろう。安価だし、洗ってアイロンをかける手間もいらないだけでなく、ティッシュ・ペーパーの一枚を恋人と会った場所に忘れてきたとしても、いかに嫉妬《しっと》深いオテロのような夫とて、それで妻が浮気したのどうのと騒動を起すわけにもいかないから安全である。頭文字を刺繡《ししゅう》した絹かレースのハンカチーフを身から離さないのが女の美徳だった時代に比べれば、現代はやはり合理化されたというべきであろう。味気ないとしても、我慢するしかないのかもしれない。

しかし、ヴェネツィアの街を歩くたびに、レース製品の店の前をそのまま通り過ぎることが私にはできない。あの繊細で精巧な、私が独りひそかに「デスデモナのハンカチーフ」と名付けているレースのハンカチーフがあるかしらと、つい立ちどまってしまうのだ。いつかお金ができたら、この高価な品を一ダースほど買い求め、外出のたびに香水を匂《にお》わせたその一枚を、ハンドバッグの中にしのばせてみたいと夢みている。

レースがいつ頃からヴェネツィアで作られはじめたのかを示す確実な史料は、今のところ見つかっていない。とはいえ、女たちがそれぞれの家の中で、一人で、または何人か寄り集まって編み台に向う光景が見られるようになるのは、一四〇〇年代も中頃になってからであろう。それ以前に描かれた絵画には、レースはどこにも見られないからである。レースを示すヴェネツィア方言のメルリという言葉が記録に載る最初は、一四五七年になってからである。

その年、優雅な趣味で知られたジョヴァンナ・ダンドロの夫パスクワーレ・マリピエロが元首《ドージェ》に選ばれた。ヴェネツィア共和国のファースト・レディとなった彼女がはじめたのが、レースの奨励なのである。

元首夫人《ドガレッサ》は普通、貧民や病人の救済などの慈善事業、つまり現代の赤十字のような仕事に力を貸すものとされていて、それまでのファースト・レディたちも、この方面で名を残した女は多いのである。しかし、レースは贅沢品《ぜいたくひん》だ。そして、ヴェネツィア共和国は、贅沢はどの国体にとっても敵だが、とくに共和国にとっては最大の敵である、と公式に表明したほどの国だったから、元首夫人のはじめた事業を、政府は理解を持ってはいなかったにちがいない。しかし、新元首夫人のキャンペーンは、ヴェネツィアの女たちからは圧倒的な支持を受けたことは確かだった。下層や中流の女たちは新たな収入の道を見つけたのだし、上流の女たちは、ヨーロッパの流行はヴェネツィアから、と言われるようになる黄金の一世紀の先がけをすることになったのだから。

そう、確かにそれまでにもヴェネツィアは、流行の源泉ではあった。ヴェネツィア産の華麗な織物は、オリエントでも西欧でも、いつでもどこでも高く売れた。しかし、今はそれに、雪の結晶を定着させたようなレースが加わったのである。美しいものを好む人なら、誰が抵抗できよう。

私は、先例に逆って大胆なことをはじめたこの元首夫人に興味を持ったが、史料が少なく、確実にこういう動機でと示すことはできない。だから想像で言うのだが、ダンドロ家の出であったということが、それを解く鍵《かぎ》になりそうに思う。なぜなら、彼女とほとんど同時代の女たちを書いている時に感じたことなのだが、何かをしでかす女というのは、どうやら婚家とのつながりよりも、生家の血を強く意識していたということである。イザベッラ・デステしかり、カテリーナ・スフォルツァしかり。

そして、ジョヴァンナの生家ダンドロ家は、単に、ヴェネツィアの名家中の名家というだけではなかった。

ジョヴァンナの夫が元首になった一四五七年の四年前に、コンスタンティノープルが陥落している。このトルコによる東ローマ帝国の崩壊は、東地中海域の交易で国を立てているヴェネツィア共和国にとって、水平線をおおいはじめた黒雲のように受けとられたにちがいない。この時期から、ゆるやかにしても、ヴェネツィアの国力の下降がはじまるのである。しかし、ヴェネツィアは、水平線上に雲ひとつない時代も謳歌《おうか》していた。その時代は、二百五十年前、エンリコ・ダンドロ元首のひきいる第四次十字軍のコンスタンティノープル征服にはじまる。これ以後のヴェネツィアは、東地中海域の交易をほぼ独占してきたのであった。

ダンドロの血を強く感じるジョヴァンナは、女らしいやり方で、祖国に隆盛をもたらした男の血をひく身であることを示したかったのかもしれない。海軍と金貨を活用しきったエンリコ・ダンドロのまねはできなくても、ジョヴァンナ・ダンドロのできることは、趣味の良さでヴェネツィアの名を高めることであった。いや、これを想像している私の気性にふさわしい表現をすれば、ヨーロッパ中の男女に、ヴェネツィアのレースを所有しないと人でないように思わせることであった。

重ねてことわるが、これは私の想像である。しかし、ジョヴァンナ・ダンドロがその普及に力をつくしたヴェネツィア産のレースが、以後百五十年間のヨーロッパの流行を決定したのは事実である。

どの文明でも、経済的盛期がまず到来し、それが衰退しはじめる頃に、文化が花咲かせるものである。ヴェネツィアも例外ではない。レースの黄金時代であるこれ以後の百五十年間は、ヴェネツィア文化の黄金時代と完全に一致するのである。

男も女も、競ってヴェネツィアのレースを身につけるようになった。聖職者でさえ、無関心ではいられなかった。緋色《ひいろ》の枢機卿《すうきけい》衣の上の純白の雪の結晶は、それを身につける人だけでなく画家まで魅了したのであろう。教会の中まで、レースの洪水《こうずい》となる。祭壇からたれるレースの波、司祭の法衣……。

一五〇〇年代に入ると、流行は頂点に達した。ヴェネツィアでは、有名な画家の創案になるレースのためのデザイン集が、ほとんど数年おきに出版される。この時代の肖像画で、レースをどこにも使っていない衣裳《いしよう》をつけたのを探すほうが、困難なくらいになる。一五八七年には、パリで、ヴェネツィアのレースの解説書が出版された。貴族の女たちを描く時は、レースのハンカチーフを手に持たせたポーズでないと、依頼主が満足しないというのが、画家の間の笑い話になるほどであった。

同じ頃、もう一人の元首夫人がかかわってくる。ヨーロッパ最初のレース工場ができたのだった。自費ではじめたグリマーニ夫人のこの企ては、当時のレースの勢いからして、政府から冷たい眼《め》では見られなかったにちがいない。百三十人の女工の編み出すレースは、質量ともに他地方の産するものを圧倒する。

しかし、ヴェネツィアの黄金時代も終りに近づいていた。そして、レースの黄金時代も。

レース工場は、グリマーニ夫人の死とともに閉鎖される。流行の源泉もパリに移りはじめていた。

それでもヴェネツィアのレースは、ブラーノの島にあった尼僧院《にそういん》を中心に、細々ながら続けられていった。一八七二年には、そのブラーノに学校も作られた。今でもヴェネツィアのレースは、ほとんどがこの島で作られている。質でも量でも、昔には遠く及ばないにしても。

第三話　ヴェネツィアのホテル

先頃《さきごろ》、ゴンドラについて調べていたら、ヴェネツィアでのジョルジュ・サンドのことを記した史料にぶつかった。

このフランスの女流作家は、ヴェネツィア滞在中、ずっとゴンドラを借りきっていたというのである。だが、私は、この話を知っても、いっこうにうらやましいとは思わなかった。モーター・ボートのなかったあの時代ならば、ゴンドラに乗ってゆったりと行くのは、ヴェネツィアならではの、なかなかに味のある過ごし方であったろう。現在のように、大運河に出ただけで、そばを通りすぎるモーター・ボート（タクシー）や水上バスの起す波にもまれ、両岸の建物を賞《め》でる気分的余裕などたちまち失うのとは時代がちがうのである。

また、サンドが滞在中にイタリア人の医者に惚《ほ》れる話にも、私の気分はびくともしなかった。こちらは、恋愛どころか結婚までしちゃっているのだから。いや、ここは恋愛ぐらいで止めておいた彼女の方が賢明であったと言うべきかもしれない。

それはさておくとして、ジョルジュ・サンドはヴェネツィア滞在中、ダニエリに泊る、と

いう一行を読むに至って、私は、

「フーン」

と、うなってしまったのである。

ダニエリは、彼女の時代から現在に至るまで、ということは百五十年以上もの間、ヴェネツィア最高のホテルということになっている。もちろん、宿泊費も最高に高い。

一方、私のヴェネツィアでの常宿は、緑あふれる小さな中庭のある、一時代昔の落ちついた雰囲気《ふんいき》の漂う、聖《サン》マルコ広場にほど近い、明るくて可愛《かわい》らしいホテルなのだが、ダニエリを一流とすれば、こちらは三流のホテルと言うしかない。

それでも、これは百五十年も昔の話なのだからと思ったから、それほど気分を害されずに済んだのである。

ところが、ある日、書店で、メアリー・マッカーシーの書物を手に取って最初のページを開いたとたん、ダニエリに着く、という一行がとびこんできた。これには私は、大変に気分を害してしまった。サンドの場合とはちがう。このアメリカの女流作家がヴェネツィアを訪れたのは、たかだか二十年前の話ではないか。いかにドルが強かった時代とはいえ、である。

私の書くものの性質上、同じテーマについて書かれた現代の作家の作品にも一応眼《め》を通すことにしているが、英米仏の彼らの作品が私のよりも有名なのは、彼らが国際語で書いているからでしかない、と思わざるをえない場合がしばしばある。英訳されても恥ずかしくない作品を書こうと心がけているというのに、有名度に差が存在するだけでなく、取材の環境にまで差がつくとは、気勢がそがれるというものではないか。それで、

「この次は、断然、ダニエリに泊る！」

と、私は宣言した。夫は、女特有の馬鹿気《ばかげ》た考えだと笑ったが、彼は、作家においてはインスピレーションは常に泉のごとくわき出るものであり、それを文章に移す根気に至っては、これまた作家に自然にそなわった天性だと思いこんでいるのである。自然にまかせていたら、私など一冊も完成できなかったであろう。

旧館の海の見える部屋と注文をつけただけあって、ダニエリでの私の数日は快適に過ぎた。昔、ヴェネツィア共和国の船隊が、緋色《ひいろ》の地に金色の獅子《しし》の国旗をなびかせて出入りした港は、私の部屋のすぐ下にあった。また、十五世紀の古地図にもちゃんと描かれている、昔は、ヴェネツィアの名家中の名家ダンドロ家の館《やかた》であったこのホテルは、内部の装飾が十八、九世紀様式に変っていることを除けば、建物の構造から間取りまでが、建てられた時代の面影《おもかげ》をほぼ完全に残しているのを確認したのも、泊り客ならではの特権で、ホテル全体を調べさせてもらったからである。

要するに、私は、豪華なホテルでの滞在を愉《たの》しむと言うよりも実地踏査をしたわけだが、ダニエリというホテルは、ヴェネツィアの歴史に少しでも関心を持つ泊り客にとっては、単

なる最高級ホテルにとどまらない良さを持っているのだから仕方がない。

しかし、窓から海を眺《なが》め、ホテルのすみからすみまで調べつくし、ロビーに坐《すわ》ってお茶を飲みながら、十五世紀そのままに残っている、かつての中庭を囲む柱廊を眺めて空想にふけるのにも、いつかはあきる時がくる。この三つが、ダニエリが他のホテルに比べて誇れる良さにしてもである。

そんな気分になっていた時、この、百五十年以上もの間最高級ホテルであり続けたダニエリに、その間いったいどんな芸術家が泊ったのかということが知りたくなった。そこで、すぐ近くの図書館へ行って調べてみた。

ディッケンズ、ワグナー、ダヌンツィオ、プルースト、ラスキン……。

ワグナーとダヌンツィオは、後に家を借りて移ったが、ヴェネツィア到着時は、ダニエリに泊ったらしい。

ところが、ヴェネツィアと言われればすぐに思い浮ぶ、三人の名がこの中にふくまれていない。ゲーテとバイロンとスタンダールである。三人とも、イタリア滞在中の他の宿泊先と比べても、ヴェネツィアを訪れて三流ホテルに泊るタイプではない。

彼らの泊り先は、まもなくわかった。ゲーテとスタンダールはイギリス女王館に、バイロンは、はじめはある商人の家に、次いでモチェニーゴの館に客人として。

ところで、ゲーテとスタンダールは、なぜ「イギリス女王館」に泊って、ダニエリに泊らなかったのかという私の疑問は、ホテル・ダニエリの歴史を調べたら簡単にわかった。ダニエリは、一八二二年にダニエリという持主によってホテルに変ったので、それ以前は、個人の館であったからである。ゲーテがヴェネツィアを訪れたのは、一七八六年であり、スタンダールは一八一五年である。ダニエリは、まだホテルではなかったのだ。

ところで、イギリス女王館だが、こういう名のホテルは現存しない。ゲーテやスタンダールの泊っていた頃は、このホテルが、「フランスの楯館《たて》」という名のホテルとともに、ヴェネツィアでは最高級ホテルであったという。「イギリス女王館」のほうは、しばらくして、「ホテル・ヴィットリア」という名に変ったが、「フランスの楯館」の消息はついにわからずじまいであった。

「ヱネチアには、ゲエテの住ひし家にやどり」

と書いた上田敏も、そして木下杢太郎《きのしたもくたろう》も泊った頃は、ホテル・ヴィットリアという名であったはずである。一九二三年にヴェネツィアを訪れた木下杢太郎は、三流の宿だと書いている。他国の文人は、当時の最高級のホテルに泊ったらしいのに、わが日本の文人は、ゲーテが好きなためか、それとも経済的に恵まれていないためか、三流ホテルに泊る癖があるらしいのは困ったものではないか。

だが、私の興味をひいたのはこんなことではない。ヴェネツィアでは、ある時期を境にして、最高級ホテルの移動が行われたという事実である。かつてのイギリス女王館は、今では高級ホテル連盟の事務所となってしまい、その壁面にゲーテの泊ったことを記した石版がはめられているだけだが、場所は、一方が小さな運河に面しているだけで、決して眺めの良い場所と言うわけにはいかない。一方、現在の高級ホテルは、ダニエリ以下、いずれも港か大運河に面している。この変化は、いつ頃起ったのであろうか。

それは、

「大運河に面したヴェンドラミンの館が安く売りに出されている」

と記した、スタンダールのヴェネツィア訪問の前後のことではないかと思われる。

一七八六年——ゲーテ、ヴェネツィア訪問

一七八九年——フランス大革命起る

一七九七年——ナポレオンにより、ヴェネツィア共和国滅亡

一八一五年——スタンダール、ヴェネツィア訪問

一八二二年——ホテル・ダニエリ創業

一八三三年——サンド、ダニエリに泊る　同行のミュッセはホテル・エウロパ（大運河沿い）に泊る

共和国の崩壊は、その背骨であった交易商人階級の没落に拍車をかけたことであろう。彼ら商人貴族たちには、もはや、オリエントからの商船がそのまま横づけになれる港や大運河沿いに、館をかまえる必要も、また経済的余裕もなくなったのであろう。

これらの館が売りに出され、高級ホテルとなって現在に至ったのである。そして、それまでは内側に押しこめられていた感じのかつての高級ホテルが、三流に没落せざるをえなくなったのも、それからまもなくして起ったことであるにちがいない。

第四話　ある遺言書

日本的感覚からすると、遺言書という言葉は、それを聴いただけでも他人行儀で冷たい印象を受け、せいぜいが醜い肉親間の争いの種として推理小説のモチーフに使われる程度だが、西欧では、歴史上でも現代でも、なかなかに興味ある事実を提供してくれる材料なのである。

ヴェネツィア共和国の経済史を調べていた時のことだ。元首《ドージェ》ラニエリ・ゼンの遺言書というものを見る機会があった。

ラニエリ・ゼンは、一二五三年一月に元首に選ばれてから一二六八年七月に死ぬまで、十五年余り元首を務めた人である。ヴェネツィア共和国政府の役職では、元首《ドージェ》だけが終身であった。政治家としても、なかなかに有能な人物であったらしい。時代は、第四次十字軍を見事に利用したことによって、ヴェネツィアが東地中海の女王の地位を占めることになり、それがために、ライヴァルのジェノヴァとの対決が避けられなくなった時期にあたる。ヴェネツィア共和国の歴史では、上昇期に属する。

このような時代に、共和国最高の役職を務めた人物の財産目録が、次に記すものだ。精密さにおいて、さすがに商人の国だと思わせる。

不動産…………………一〇〇〇〇リーレ
現金……………………三三八八　〃
貴金属…………………三八六八　〃
種々の貸し付け金……二二六四　〃
国債……………………六五〇〇　〃
コレガンツァ…………二二九三五　〃

この財産総額が、現代ではどのくらいの額になるかだが、七百年も経ると生活様式の変化はすさまじく、換算不可能というのが、たいていの歴史学者の意見である。ただし、当時、ヴェネツィアからオリエントへ出航する船の積み荷が、三千リーレもあればととのえられたということから推して、ラニエリ・ゼンの財産が相当のものであったことだけは確かであろう。ヴェネツィア有数の金持ということは、当時では、ヨーロッパ有数の金持であったということと同じことである。

一万リーレの価値があるとされた不動産だが、その内訳は、聖ソフィア教区にある屋敷をはじめとして、その他にヴェネツィアの街中に散在する十三の家、キオッジアとトーレ・デッレーベルベにある二つの家の他に、本土とイストリア半島のムッジアにあるいくつかの葡《ぶ》萄園《どうえん》がふくまれる。

これからも、六世紀から九世紀にかけて、蛮族の侵入を逃れて沼沢《しょうたく》地帯に移り住み、その地に現在に残る水の上の都を創《つく》りあげたヴェネツィア人が、決して、着のみ着のままで逃げてきた人々でないことがわかる。九世紀の遺言書になると、本土に所有する不動産の割合が、十三世紀のこのゼンの場合よりも、ぐんと多いのである。

それは、当時のヨーロッパの有産階級が不動産所有階級であったことから、ヴェネツィアのそれも例外ではなかったという証拠である。世は、封土制の時代であった。

しかし、ヨーロッパの他の国の有産階級と、ラニエリ・ゼンを典型とするヴェネツィアの有産階級の相違も、この遺言書に明白に示されている。

それは、二千二百六十四リーレと計上されている種々の貸し付け金と、六千五百リーレあるという国債と、最大額の二万二千九百三十五リーレが計上されている〝コレガンツァ〟の項である。これらは、種類のちがいはあっても、すべて動産なのである。合計は三万一千六百九十九リーレにのぼり、財産総額の六割以上を占めている。

国債については、説明するまでもないであろう。ヴェネツィアの有産階級にとっては、有産階級であるがための義務と考えられており、利子は、まったくないか、あっても実にわずかなものであった。これが歴史的に意味があるのは、国家の観念のなかった十三世紀のヨーロッパで、ヴェネツィア共和国にだけそれが存在したという証拠としてである。
貸し付け金の利子は、二割が普通であった。二割の利子とはひどく高利なように聞こえるが、この利子は、金を借りた商人がそれで積み荷を購入し、ヴェネツィアの港を発《た》って目的地に着き、そこで荷を売り払い、売り上げ金で別の品物を購入し、ヴェネツィアへ帰港してそれを売り払った後にはじめて利子を払うという仕組みであったことを考慮すれば、それほど非常識な率でもなかったはずである。

オリエントの目的地に着かない前に、海賊に襲われる危険も多かった時代である。嵐《あらし》にあって沈没する場合だって、少なくなかったであろう。幸いに持っていった商品は売り払うことができても、その売り上げ金で購入した別の商品を、ヴェネツィアへ持ち帰る途中で、海賊や嵐にあうことだってあったはずだ。それだけでなく、寄港国の政治情勢に変化が起こっただけで、港に停泊していた商船が焼き打ちにされるような事態は、他国民と交易している以上、珍しくはない事故なのであった。このようなリスクを考慮して考えだされたのが、〝コレガンツァ〟と呼ばれる、一種の株式会社なのである。ヴェネツィアではじめて海上保険制度ができるのは、一三〇〇年に入ってからである。

〝コレガンツァ〟の特色は、最終売り上げ高の四分の三を、各〝株〟の所有高に比例して配当するところにあった。四分の一は、経営者である商人、ないし船長に行く。船長も、しばしば売り買いする当人でもあったのだが、この人々だけは、株主でなくても、つまり自己資金がゼロでもやることができた。

しかも、航海のリスクを考えて、一航海だけに全財産を投資するというようなことはしないのが普通であった。ラニエリ・ゼンの場合も、百三十二種の〝コレガンツァ〟の総額が二万二千九百三十五リーレなのである。分散して安全を計ったのだ。だから、シェークスピアの『ヴェニスの商人』に出てくる、船が沈没したからシャイロックに金が返せなくなるアントニオは、ヴェネツィアの商人としては非現実的で、もしも存在したとしても、ヴェネツィア商人の恥さらしであったと言うことができる。

さて、この遺産の相続はどのようにされたのであろうか。ラニエリ・ゼンには、息子も娘もいなかった。二人の甥《おい》と未亡人が、普通では相続権所有者ということになる。

しかし、ヴェネツィアの元首《ドージェ》は、共和国の存続した一千年余りの間、ずっと名誉職としての性格を持続してきただけに、元首に選ばれた人物は、有産階級に属す他の人々よりも、社会的責任をより以上に果すべきとされていたようで、病院などの福祉施設に遺産の一部を残す人が多かった。とくにラニエリ・ゼンの場合は、息子がいなかったためか、または年代記の記すように慈善の心が厚かったためか、筆頭相続者には、聖《サン》ジョヴァンニ・エ・パオロ僧院が指定された。この僧院は、病院の他にも、身よりのない老女のための養老院や数々の貧民救済の施設を運営していた。寄付の条件は、これらの施設の運営に用立てるよう、となっている。

この他にも、いくつかの社会福祉事業に遺産がゆずられたが、これらは皆、動産である。元首時代に用いた宝飾品は、聖《サン》マルコ寺院の宝物殿に寄贈された。

二人の甥には、屋敷をはじめとする不動産がゆずられた。他に、百三十二の〝コレガンツァ〟のうちの六つだけが彼らに遺《のこ》されたが、これが唯一《ゆいいつ》の動産であったと言えるであろう。

未亡人は、なにひとつゆずられなかった。未亡人は、彼女自身が結婚の時に持ってきた三千リーレの持参金の返還を受けただけである。とはいえ、彼女が夫と住んでいた屋敷に死ぬまで住む権利と、ヴェネツィアにある十三の家からあがる貸し家代の使用権は、未亡人に遺された。ラニエリ・ゼンは、妻の残りの生涯《しょうがい》を、こういうやり方で保証したのである。ただし、これらの権利も、未亡人が再婚しないかぎり、という条件づきであった。

要するに、二人の甥にとっては、屋敷とヴェネツィアにある十三の貸し家は、法律的には彼らの所有になるのだが、実質的には、彼らのものになるにはしばらく待たなければならないということになる。処分など、だからもちろん不可能な話だ。

しかし、ラニエリ・ゼンの遺言書だけが、ことさら特異な例ではないのである。夫婦の間とはいえ、私有財産の観念のはっきりしていたことと、財産の無意味な分散を防止するために、残された一方が、再婚しないかぎりの使用権しか享受《きょうじゅ》できないとした遺言書は無数にある。ただし、これが悲喜劇の原因になったことも、さぞかし多かったであろう。

私に喜劇を書く才能でもあれば、うら若い未亡人の伯母を再婚させようと躍起になる、二人の甥の話をゴルドーニ風に書くところだが、私はどうも殺しのほうが好きなので具合が悪い。しかし、殺人となると、動機があまりにも月並みなために、殺人の方法にでも凝らなくては話が面白くならず、といって、殺しの方法に凝りだすと結局は喜劇になってしまうから、具合の悪い点では変らないのである。

第五話 城塞《じょうさい》の話

高所恐怖症に気づいたのは、十五年前、ジョットーの鐘楼に登った時からである。あの頃《ころ》はまだ、生《う》ぶな観光旅行者であったから、高いところならどこでも登っていたのだが、その日は、初冬のフィレンツェでも珍しく霧が立ちこめ、午後というのに、あたりはヴェールをかぶったようにかすんでいた。

そんな日に鐘楼に登る物好きはいないらしく、何百もある階段を登る途中も、登りつめて上へ出た時も、私一人であった。頂上で煙草《たばこ》に火を点《つ》けている間にも、見るまに霧が濃さを増す。眼前のサンタ・マリア・デル・フィオーレ教会のブルネレスキ作の円屋根が、筆でひとはけしたように霧の中に消えてしまった。その時はまだ、私は平然としていた。いけない、と思ったのは、吸いがらを何気なく下に落とした時である。煙草の吸いがらは、一瞬後、乳色の霧の中に吸いこまれて消えた。ここで、腰を抜かしてしまったのである。誰もいないのをよいことに、冷たい石の床に坐《すわ》りこんだまま、やれやれ私も高所恐怖症か、と一人つぶやいた。

それならば城塞など登らなければよいではないかと言われるだろうが、そうはいかないのである。私が書くのは、中世、ルネサンス時代で、あの頃の話を書いて城塞にふれないわけにはいかない。それでも、これまではまだよかった。陸の上の話ばかり書いてきたのだから。ところが今度はちがう。「海の都」と題したヴェネツィアの国の物語を書きはじめたので、城塞も、泡《あわ》だつ海に面しているものが多い。吸いこまれるような恐怖は、大地よりも海に対した時のほうが強いものである。だから、五年前の夏の、東地中海に散らばる旧ヴェネツィア植民地の取材旅行は、私にとってはまさに苦行の旅であった。

城塞は、街中の居城を別にすれば、戦略要地に造られるものである。ヴェネツィア共和国は海洋国家であるから、当然、それらは海に面している。ラグーザ（現ユーゴスラヴィアのドゥブロヴニーク）のように、観光名所にしているところは、ちゃんと見物料を取る代りに城壁の上も整備してあるから、幅五十センチほどのところでも安心して通れる。しかし、ここでも、いったん下を眺《なが》めれば、泡だつ海が歯をむいていることに変りはない。

ところが、ギリシアのように、古代という看板商品を持つ国では、中世の城塞の遺跡まで売り物にする必要はないので、ほとんどが放《ほ》ったらかしにされている。ペロポネソス半島やクレタ島のようなところでは、自動車でなるべく近くまで行き、あとは番人もいない城塞の中に入り、つわものどもの夢の跡そのままに夏草繁《しげ》る中庭を、とかげを蹴散《けち》らしながら城壁にとりつく。それにななめについている石の階段は、幅五十センチほど、もちろん手すりなどありはしない。その階段を、壁にへばりつくような格好で、なるべく下を見ないようにしながら登る。城壁の上にたどりついても、胸門城壁という例のギザギザの間から、恐る恐る首だけ出して周囲を眺めるのが、私の取材の真相なのである。塔などあれば、残念ながら必ず塔があるのだが、そこにも冷汗を流しながら登る。なにしろ城塞というのは、てっぺんまで登ってみないと、いったい何の目的でそこに城壁を築いたのかが、納得できないようになっているのだから始末が悪い。私の書く人物が、このような場所で武器片手に勇ましく戦う男や女たちであるところから、作者もさぞかし颯爽《さっそう》としているように思う読者もいるかもしれないが、実際の作者はこのようにだらしがない。

それで思い出したが、高所恐怖症という症状には、想像だけでもなるものではなかろうか。『海の都の物語』の中で、第四次十字軍によるコンスタンティノープル攻城戦を書いていた時のことである。金角湾からの攻撃なので、ヴェネツィアは、船の帆柱二本にくりつけた板を、船首の方角にそれと同じ長さで渡す、「動く橋」と呼ばれた新兵器を考えだした。これをそなえた船をなるべく城壁に接近させて、「動く橋」の上の兵が塔の上にとび移ってそれを占拠する目的で造られたものである。いかに二本の帆柱に定着させているといっても、船首にのびた先端は、とびこみ台のようにばねになっているわけで、その下はもちろん、岸壁に歯をかむ海である。帆柱に「動く橋」を定着している檣楼《しょうろう》に登っただけでも、私なら眼《め》をまわすであろう。まして、板の幅は優に二人が並んで戦える、とはあっても、そんなゆら動く板の上などでは、立って歩くだけでも至難の技であるはずで、そこから城壁の上の敵兵に矢を射たり、はずみを利用して塔の上にとび移るなどという芸当は、私のような者にとっては、陽《ひ》が西から昇ると同じ程度に不可能な話なのである。その場面は淡々とした記述が続くが、それを書いていた私のほうは、頭がくらくらして、しばらくはペンを置いてしまったほどであった。

話を城塞にもどすが、陸型のそれに比べて海に面している城塞は変化があって面白い。そのひとつは、入り組んだ湾の奥にあるもので、湾に向って降りている崖《がけ》の稜線《りょうせん》にそって、それ全部を城壁で囲むようにして出来ている。現ユーゴスラヴィア領にあるカッタロや、ペロポネソス半島のナフプリオンの城塞は、その典型的なものであろう。これはもう、下から眺めただけで神を呪《のろ》いたくなる。

海に面しているとは言っても、攻撃はほとんどの場合陸側からなされるのが普通なので、防備も陸に向った側に主力が置かれ、そちら側の城壁のほうが堅固に出来ているものなのである。背後に切りたった崖が控えている場合、だから、その部分の防備を完璧《かんぺき》にしようとすれば、崖全体を城塞化するのは理屈にかなっている。だが、見学者にとっては地獄である。知っているかぎりのイタリア語ののしり言葉をつぶやきながら、日本のそれに比べてイタリアには神がいるので、ののしり言葉もよほどバリエーションに富んでいるからだが、それをぶつぶつぶやきながら登るのである。しかし、登りつめれば、そこからの景観は素晴らしいだけでなく、そこに城塞を築いたことによって、周辺一帯を完全に把握《はあく》できた事情も、はじめて理解できるようになる。

海の城塞のもうひとつの典型は、海中の島全体を要塞化したものであろう。クレタ島のスーダとスピナロンガの二カ所に、その完璧な例が見られる。いずれも、これまで述べてきた城塞と同じように、ヴェネツィア人が築いたものである。スーダのそれは、東地中海最大の自然港と思われる広い港の入口に、まことに都合よく浮んでいる島である。これならば、この島を要塞化し、両岸との間を鎖で封鎖すれば、湾全体を獲得できるわけだ。城壁は、四辺が海なのだし、なにも高々と築くことはない。

ヴェネツィア方言が今日でもそのまま残ってスピナロンガと呼ばれる場所は、湾の入口にあるのではスーダと同じだが、ここは自然の島を要塞化したのではない。湾に突き出た半島の端をちょん切って島にし、それを要塞化したものである。やはり海に囲まれている城塞は強く、この二つが、二十五年にわたったトルコの攻撃に耐え抜いた城塞であった。

航空機のなかった時代では、攻撃は大砲に頼るしかない。城塞に固定された射撃の的中率と船からのそれとでは、格段の差があったのであろう。同じクレタ島のイラクリオンにある、港の入口に突き出た城塞は、ちょうど船腹と同じ高さに、大砲を置く穴がいくつも、角度をちがえて海上に向って開いている。

この型の城塞の調査は、高く築く必要がないだけに、高所恐怖症患者にとってはそれほど苦痛ではない。スピナロンガは、漁師に舟を出してもらって、全島くまなく調べることができた。おかげでこういう城塞は、長期の籠城《ろうじょう》に耐えられるように、あらゆる設備がととのい、多数の人間が生活できる場所であったということもわかった。だが、東地中海最大の自然港とされるスーダには、近づくことさえもできなかった。ギリシア海軍の基地になっていて、写真撮影さえ許されていないのである。宇宙衛星の時代に時代遅れもはなはだしいとは思ったが、めんどうは起さないにこしたことはないのでおとなしくしていた。それでも、撮影禁止の立札に気づく前に、すでに何枚かは撮っていたのだけど。

高所恐怖症患者がにわかに元気づくのは、十五世紀後半、すなわち大砲普及後に築かれた城塞調査の時である。城壁の高さは同じでも、砲丸の直撃度を減らすように、城壁は半ばからゆるやかに外に向って傾斜しているので、断崖絶壁《だんがい》に立ったような恐怖は感じないで済む。そのうえ、城壁の厚さがちがう。ロードス島の城塞に至っては、五メートルは優に越えるであろう。こうなると私でも、意気があがってくる。ロードス島の城塞はトルコ軍の猛攻を受けて損傷が激しく、安全のために、見学も時間を決め案内人付きだが、案内人のすぐ後ろについて城壁まわりをはじめたのが、少しずつ他の人に追い越され、最後は案内人に追い出されるような具合に終えたくらいだから、私には居心地はよかったのである。意気のあがっていた証拠に、ロードス島の攻防戦を書いてみようか、という気にまでなったのだからおかしい。それにしても、ロードス島のそれは、地中海の城塞中最も見事なものの一つである。

第六話　ハレムのフランス女

調べというものは、書くのに必要なところだけ調べるのならば、原稿書きも能率良く運ぶはずなのである。秘書とか助手を使うと、これが可能になるのであろう。ところが私は、そういう人を傭《やと》う経済的余裕もないこともあって、調べは全部自分でする。そうなると、ついつい好奇心に駆られて、必要もないところまで調べてしまうことになる。まことに非能率的な話だが、これから書くことも、数あるそういうケースの中から浮びあがったエピソードなのである。

私がトルコのスルタンのハレムを調べる気になったのは、ヴェネツィア史を書いていて、その宿敵であるトルコの内情を知る必要があるという一般的な理由のほかに、十六世紀後半に実在した、ハレムのヴェネツィア女について調べたいという具体的な理由によってであった。どうもこの女には、ヴェネツィア共和国の〝ＣＩＡ〟的な動きがからんでいるように思われたからである。

ところが、それを調べた後も好奇心に駆られて〝ハレム史〟を追っていったら、一人のフランス女にぶつかった。これは十八世紀末の話であるから、その頃《ころ》に崩壊するヴェネツィアの国の歴史とは、つまり私の仕事とは、まったく関係のないことはわかっている。それにしても、数奇な一生とは、このフランス女の一生のようなものを指すのではなかろうか。

十八世紀も末の頃、五十九歳のスルタン、アブドゥール・ハーミッド一世の許《もと》に、珍しい献上品がとどけられた。美女の献上品は珍しくもないのだが、西欧の女は例が少ないのである。金髪の巻き毛がふさふさとゆれる、青い大きな眼《め》の、先をつまんだような小さな鼻に桜んぼのような小さな口の少女は、名を、エメ・ドュブク・ド・リヴュリといった。ノルマン系の貴族の娘で、フランス本国の尼僧院《にそういん》で教育を受けた後、植民地のマルティニカに住む両親の許に帰る途中、乗っていた船がアルジェリアの海賊に襲われたのである。帰郷を急いでいた少女の胸には、両親に会える喜びのほかに、マルティニカに住む同じ年頃のいとこと、久しぶりに遊べる嬉《うれ》しさもあったであろう。エメとちがって栗色《くりいろ》の髪のいとこは、名をジョセフィーヌといった。幼ななじみの二人の少女は、これ以後再び会うことはない。エメは、海賊からアルジェリアの大守に献ぜられ、大守はスルタンに献上したからである。そして、その一生を、スルタンのハレムの中で終る。はじめは、スルタン・アブドゥール・ハーミッドの寵妃《ちょうひ》として、次いで新スルタン、セリムの友人として、最後には、スルタン・モハメッドの母として。一方、ジョセフィーヌのほうは、ナポレオン・ボナパルトという名のフランス士官に愛される。彼女の一生は、もう誰でも知っている話だ。

スルタンのものともなると、ハレムも、その内情はなかなかに厳しい。まずもって、スルタンの寵妃にならねばならない。しかし、これだけでは不充分だ。男子を産む必要がある。ところが、まだそれでも不充分で、彼女の産んだ男の子がスルタンになり、彼女も母后になり、しかも息子の治世中に死ななければならない。それらをすべて出来て、ようやくハレムの女にとっては、その一生を安泰に過ごせたことになる。権力欲に駆られてなどということよりも、もっと切実な問題なのである。このような幸運に恵まれなかった女たちの運命は、ハレムという言葉の与える甘美で官能的な印象とは裏はらに、実に惨《みじ》めで、悲しいなどといえるものではない。

金髪の巻き毛の少女は、その点では恵まれていた。まず、スルタンが高齢でもあったために、母后はすでに他界していて、こういうケースではしばしば起こった、母后の寵妃いじめから解放されていたからである。また、スルタン・アブドゥールは、ハレムの女たちの間で育って変人の多かった代々のスルタンと比べて、まずは普通の男で、それどころか、なかなかにバランスの感覚もある男であった。狂人とでは、いかに寵愛されたとて安眠できるものではない。

また、エメのほうも、環境順応の能力が豊かであったらしい。尼僧院からハレムという、激しい生活の変化にも、それほど打ちひしがれないで順応したようである。髪もトルコ風に結い、衣服もトルコ式のものをまとい、女奴隷《おんなどれい》であるハレムの女たちとともに生活し、自らもスルタンの女奴隷でありながら、生来の少々コケティッシュな快活さを、少しも失わなかったといわれる。そんなエメを、スルタンは、ことのほか寵愛した。

コンスタンティノープルのハレムに連れてこられてから一年も経ない一七八三年、エメは男の子を産んだ。スルタンは、モハメッドと名づけたこの男子誕生を大変に喜んだ。男子では、ムスタファという名の子が一人あるだけだったからである。喜んだスルタンは、エメのために、トプカピの宮殿の内庭をチューリップで埋めさせたり、ビザンチン帝国時代からある大競技場で、レスリングの競技会を開いたりした。もちろん、エメは、トルコ式に、座所のペルシア風の窓を通して見物できるだけであったが。

六年後にスルタンが死んだ後も、エメの立場に影がさしたとはいえなかった。新スルタンは、甥《おい》のセリムで、このエメと同じ年頃の青年は、それまでトルコ帝国の帝位継承者はみな閉じこめられることになっていた宮殿の一画、俗に〝檻《おり》〟と呼ばれていた一画での非人間的な生活を、前スルタンが廃止したためにしなくて済んでいたので、それをエメの提言の結果と感謝していたからである。〝檻〟の中の生活はまったく惨めなもので、避妊手術をされた女奴隷たちに囲まれ、外部との接触を一切許されない生活は、多くのスルタンの息子たちを廃人同様にしていたのだった。

もの想《おも》いがちな美しく若いスルタン・セリムと、前スルタンの愛妾《あいしょう》とはいえ、スルタンとは同じ年頃であるエメの間に愛が生れたとは、多くの歴史家が好んで書く想像である。史実は何ひとつ残っていず、真実はこの二人しか知らないことなのだが。しかし、もしそうでなかったとしても、若いスルタンに与えたエメの影響は大きかったようである。トルコでのはじめての週刊誌はフランス語であり、トルコ帝国が外国に派遣した大使は、まずフランスに送られた。かつては西欧のキリスト教徒たちを恐怖におののかせた、トルコ軍の精鋭イエニチェリ軍団を改革しようとしたスルタンは、軍規から何からフランス式を見習おうとする。ハレムも、持とうとはしなかった。

しかし、セリムの治世は短かった。イエニチェリ軍団を改革しようとした彼自身が、それに反撥《はんぱつ》したイエニチェリと前スルタンの息子ムスタファに倒されたのである。しかし、ムスタファも殺されたため、後を継いだのが、エメの産んだモハメッドであった。

スルタン・モハメッド二世は、母親の計らいによって、フランス人の家庭教師による入念な教育を受けて育った。彼の治世は三十年を越えるほど長く続くが、老帝国トルコを近代国家にしようと努め、「改革者モハメッド」と仇名《あだな》されるほどになる。トルコ軍近代化の癌《がん》といわれたイエニチェリ軍団を壊滅したのも、このフランスの血を半分引くスルタンであった。

しかし、トルコ帝国の命運は、一人や二人の改革者の努力では、どうにもならない状態にあった。母后エメの馬車が真珠と鏡だけで出来ているほどの豪奢《ごうしゃ》に昔の夢を見たとしても、エメの息子の治世に、トルコは、海外領土の大半を失うのである。トルコ帝国が崩壊しないのは、戦略要地コンスタンティノープルを他国に渡してはならないとする、イギリス、ロシア、フランス、オーストリアなどの大国の思惑の不一致に救われてであった。

ある嵐《あらし》の夜、トプカピ宮殿のハレムの一画で、そこに三十三年間を過ごしたエメの一生が終ろうとしていた。母の最後の願いを、スルタン・モハメッドは、敬虔《けいけん》なイスラム教徒としても、また回教国トルコの皇帝としても、これほどの勇気と愛情の証《あかし》はないと思われる決断で受け容《い》れたのである。

その夜、金角湾の対岸ガラタにある数少ないキリスト教の修道院の扉《とびら》が乱暴にたたかれた。修道院長が扉を開けると、そこに武装したトルコ兵が立っている。兵から何事か耳打ちされた修道院長は、恐怖におびえる修道僧たちの質問にも答えず、急ぎ身仕度をして兵の後に従った。金角湾の岸には、十二人の漕《こ》ぎ手をそなえた皇帝の御用船が待機していた。嵐の夜の金角湾は、波が荒れ狂う。その中を御用船は、対岸のコンスタンティノープルに着いた。すぐに、修道院長は、人影もない宮殿の内庭を通って、男は、スルタン以外は去勢された者しか入れないとされているハレムの中に導かれた。

美しく飾られた室内には、その中央に置かれた寝台に女が伏せっていた。そばには、ギリシア人の医者と二人の黒人の女奴隷が控えている。少し離れたところに立っていて、それらに立ち去るよう命じた男は、背が高く、悲しみに打ちひしがれていても、その高貴な風貌《ふうぼう》に崩れも見えない中年の男であった。男は、寝台に近づき、女の枕元《まくらもと》にひざまずいて言った。

「母上、生れた時の宗教の許で死にたいというお望みが、今、かなえられます」

修道院長は、瀕死《ひんし》のエメの途ぎれがちな最後の懺悔《ざんげ》を聴き、すべての罪を許し、キリスト者として安らかに死ねるよう、静かにともに祈りはじめた。その間、部屋の一画では、スルタン・モハメッドが、母の死による苦痛を克服しようと、アラーの神に祈り続けていた。

暁方《あけがた》近く、エメは死んだ。スルタンは、立ち去る修道院長に向って、

「亡《な》き母のためにミサをあげてほしい」

と頼んだ。修道院長は、この回教徒との約束を誠実に果した。ただし、誰にも真相は告げずに、一キリスト教徒のためのミサとして。

母后であろうとも、トルコでは身分は奴隷である。エメの葬式は、公式にはなにひとつなされなかった。墓もわからない。

第七話　オデュッセイア異聞

ある夏の夜、これだけはイギリスのジェントルマン並みに食後のポート・ワインをなめながら、西洋版カモカのおっちゃんは、突然こんなことを言いだした。日本におられる本家と同じく、専門はちがうが彼もまた医者である。

「キミはどうも、地中海文明の本質をまだ充分に理解していないようですね」

「そんなこと言われたら困ります。少なくとも大きな声では言わないでください。地中海世界は私のトレード・マークなんだから」

「いや、アキレスに惚《ほ》れているようではだめですね。ああいうすぐに頭がカッカとくるような男が好きとは、地中海世界の男がわかっていないという証拠だ」

「だって美男だわ、まず第一に。それから竪琴《たてごと》を上手《うま》く弾くし、勇敢な武将だし」

「しかし、彼の母親は過保護ママの典型です。アキレス自身、なにかあるとすぐ過保護ママに泣きつく。あれは、一人前の男のやることではありません。

地中海的な男となれば、やはりオデュッセウスということになる」

「あーら、いやだ、あんなずるい男がいいというわけですか。木馬でトロイ人をあざむいた男でしょう。ああいうやり方は、われわれ日本人は、潔《いさぎよ》くないといって嫌《きら》うんです」

「それで日本人であるキミは、『イーリアス』は読むが『オデュッセイア』はあまり読まないんですね。

しかし、キミは、わが地中海世界では、賢いという形容詞のうえに悪という文字が付こうが、それが讃辞《さんじ》であることにはなんら変りはないということぐらいは知っているでしょう。

地中海世界の男の条件は、まずなによりも、頭が良いということです。オデュッセウスは、この点で、まさに地中海世界の男の典型です。そのうえ、彼は、実に人間的だ。『オデュッセイア』は、朝帰りするはめになった恐妻型亭主の、壮大な嘘《うそ》の物語として読まなければいけません」

「おやおや、それはどういうこと、偉大なるホメロスの傑作に対して」

「だからこそ、傑作なんだ、ということをキミに納得させるためにも、オデュッセウスという男の行動を少々整理してみることにしましょう。

まず、オデュッセウスという名のギリシアの田舎領主は、ひょんな具合で、トロイを攻めに行くギリシア連合軍に加わることになった。イタケのような羊飼いぐらいしかできない貧しい小島の領主にとっては、ギリシアを代表するアガメムノンやアキレスや、スパルタの王メネラオスとともに従軍するだけでも、大変に晴れがましい出来事であったにちがいありません。

しかも、戦場は、古今東西を問わず実力の世界。ギリシアの片田舎の羊飼いの親玉も、威張りくさるしか能のない総大将アガメムノンや、勇猛なだけのアキレスが仲間では、オデュッセウスの才をもってすれば、頭角を現わすのにたいした努力も必要としなかったでしょう。トロイ攻囲戦も十年目を迎える頃《ころ》には、田舎領主でしかなかった彼も、ギリシア軍の中でかけがえのない存在になっていました。あのインテリ女神アテネが、後援しているのだと評判になるくらいに。

そして、かの有名な木馬です。トロイ落城の最大の功労者がオデュッセウスであるのは、誰の眼《め》にも明らかなこと。オデュッセウスも、火炎の中に滅び去るトロイの都を眺《なが》めながら、男一代の大事業を仕とげた満足を、心ゆくまで味わったにちがいありません」

「そして、ギリシアの諸将は各々《おのおの》帰国の途につく。だけどオデュッセウスだけは、トロイ側についていた神々の怒りによって、またも十年も続く、放浪を運命づけられたというわけですね」

「ボクは、その神々の怒りというのが、どうも眉《まゆ》つばな感じがするんだ。

考えてみてください。男というものは、大事業を仕とげた後、すぐにも家に帰りたくなるものだろうか。興奮いまだ醒《さ》めやらず、だからちょっと寄り道して、という気になるのが、ボクは男だと思う。ましてや華麗な都トロイ攻略ほどの大事業ともなれば、オデュッセウスが、ちょっと寄り道したい気分になったとしたって当然でしょう。

しかも、オデュッセウスは、ギリシアの名だたる王侯と日夜行動をともにし、彼らと同じような豪華な天幕に住み、黄金の弓をたずさえ、洗練された美女たちに囲まれて十年間をすごしたのです。敵であったトロイの文明の華やかさも、田舎領主に影響を与えなかったはずはありません。

一方、イタケは片田舎。妻ペネロペだって、貞淑かもしれないが、それだけに、一人で放《ほう》って置いては安心できないという想《おも》いを、夫にさせるタイプの女ではなかったでしょう。というわけで、わが親愛なるオデュッセウスは、家に帰る前にちょっと寄り道することに決めました。

この仮説には、充分な根拠があります。彼の立ち寄ったところが、そろいもそろって風光明媚《めいび》、気候温暖、食い物は美味《うま》く女も良し、という土地だからです。ボクだって、もしもオデュッセウスの放浪した土地が、灼熱《しゃくねつ》の砂漠《さばく》であったり、鉛色の北の海であったりしたら、神々の怒りによってというのを信じただろう。でも、あのような快楽の地では、神々の与えた罰なんて、とうてい信じるわけにはいきませんよ。あれは、あくまでも、快楽的な地中海世界の男の好みです」

「そう言われれば、地理的な意味ではなるほどと思わないでもないけれど、一つ眼の巨人とか殺して食べちゃう人魚とか、怖《おそろ》しい怪物がいっぱい出てくるではありませんか。それに、オデュッセウス一人が寄り道したんではなくて、彼には大勢の部下がいましたよ」

「怪物たちこそ、オデュッセウスのファンタジアの豊かさを物語る証拠以外の何物でもありません。また、いかにトロイ落城の第一の功労者オデュッセウスも、家に帰れば、羊飼いの頭《かしら》にもどるしかないと同じように、ギリシア軍第一の智将《ちしょう》の部下として肩で風切る勢いであったオデュッセウスの部下たちも、いずれはもとの羊飼いにもどるしかないのです。寄り道したかったのは、なにも頭《かしら》に限ったわけではなく、おそらく部下たちも、同じ気分であったにちがいありません」

「でも、彼らは、怪物に食べられたり、船が沈没したりして死んじゃう」

「それも、説明は簡単だ。『オデュッセイア』の中に、彼らはその花を食べるや、もう家に帰る気を失ってしまったので、オデュッセウスが無理矢理に船に引きずりこんだ、と述べた箇所があります。あれは、実に示唆《しさ》に富んでいる。要するに、ただの羊飼いにもどるのがいやになって、そのままそこに住みつく気に、部下たちがすでになっていたという証拠です。彼らは、なにも殺されたり死んだりしたのではない。大将、オレたちはもう国に帰るのはやめた、と宣言したから、オデュッセウスも結局、彼らの意志を尊重するしかなかったのでしょう。

でも、部下たちにもイタケに家族はいたにちがいない。だから、その人たちの気持も考えて、夫たちは南の国の人魚のような若い女の許《もと》に残ったと正直に言う代りに、一つ眼の巨人に殺されたとか言ってやったのです」

「では、なぜオデュッセウス一人が帰国する気になったのでしょう」

「オデュッセウスは、羊飼いの頭《かしら》程度ではあっても、あくまでも一国の領主です。それに、テレマコスという息子も、だいぶ成長したであろうという男親の愛情もあったでしょうからね」

「それにしても、寄り道が十年もの長い期間に及ぶなんて、妻の側から見ると、とうてい許せません」

「許せようが許せまいが、これはもう、ハシゴ酒の心理学的考察をするとすれば、それで充分に解釈可能な行動なのだから仕方ありませんね。

というわけで、ヴァガボンド・オデュッセウスもやっと、家へ帰る気になりました。そこで生じる問題は、いかにして妻のペネロペに、十年間もの帰宅の遅れを納得させるかです。オデュッセウスにとって都合の良いことは、部下たちは途中下車してしまったために、証人がいないということです。また、頭の良いことでも有名だったペネロペが裏づけを取ろうとしても、それが不可能なこととなれば、奇想天外な話をでっちあげるしかありません。それで、人魚や一つ眼の巨人や黄泉《よみ》の国訪問とかの、オデュッセイア漂流記ができあがるわけだ。

つまり『オデュッセイア』という世界文学史上最高の傑作は、ハシゴ酒に徹しすぎた恐妻型亭主による苦肉の策として読むと、実に含蓄に富む文学作品ですよ。いや、こう読んではじめて、怪物や黄泉の国の存在に懐疑的な人々にも、愉《たの》しめる文学になるのです。

それにしても、妻という存在は怖しいものですね。英雄をたちまち、タダの男にしてしまう。イタケに帰った後のオデュッセウスについて、ホメロスはもう語ろうとはしない。オデュッセウスが、タダの男になってしまったからでしょう。彼が、十年も家へ帰るのをのばしのばしした気持を、世の男たちは理解してやらねばなりません」


翌日、なんだか医者風情《ふぜい》に言いまかされたようでしゃくで、『オデュッセイア』全文を読み返してみた。ところが、西洋版カモカのおっちゃんの仮説を反証するどころか、読めば読むほど、彼の仮説で解釈するほうが生き生きしてくる箇所にばかりぶつかり、読み進むにつれて笑いも進む、という結果に終ってしまったのは、大学で古典を専門にした私としては残念でならない。

とくに、オデュッセウスが、イタケの近くまでもどって来て、つまり放浪の最後のほうになって身を明かし、放浪記を涙ながらに語るところなど、朝帰りの理由をまず友人家族に信じさせ、そのうえで最難関の妻に向う亭主を思わせないこともなく、オデュッセウスという男の、並々でない巧妙な頭の出来には、ペネロペならずとも、戦線放棄を宣言したくなるのは当り前だ。ホメロスも、次のように書いている。呉茂一先生の高雅な訳文で紹介したい。

……輝やく眼の女神アテネは、ほほえんで、オデュッセウスを手で撫《な》で……言った。

「ありとある策でおまえを負かすには、おまえの相手が神であっても、よほど悪がしこくなくてはなるまい。呆《あき》れたお人、知恵のかたまり、つきせぬ策略のお人、自分の国にあってさえも、心の底から好きな偽りといかさまな言葉をやめようとはしないのか。だが、さあ、もうこのことを言うのはやめよう。わたしたちは二人とも、ごまかしの達人です。おまえはありとある人の子の中で一番の計略と弁舌の達人、わたしはありとある神々の中で知恵と策略とで名が高い。……」

朝帰りしても弁明など一切したことはない我が亭主は、同じ地中海世界の男として、先達に及ばないことは初めからしない方がまし、とでも思っているのかもしれない。

第八話　スパルタの戦士

ロードス島に滞在していた時に、ギリシア軍の将校と知り合った。落下傘《らっかさん》部隊の隊長で、彼の下には、二百人の部下がいるのだと言う。年齢は、三十も半ばというところであろう。白すぎる肌《はだ》を陽《ひ》にさらして焼き、それがようやくピンク色になったと言って満足している北ヨーロッパの男女で喧噪《けんそう》をきわめるホテルのロビーでは、彼だけが場ちがいな存在であった。

わざと陽にさらさなくても浅黒くひきしまった肉体を、彼にとっては平服である背広につつんでいるにしても、この男の周囲に漂う雰囲気《ふんいき》は、なんとしても正規軍の将校のそれではなかった。近くを海水パンツひとつで行き来しているドイツやスウェーデンの避暑客のほうが、正規軍の兵士と言われても少しも不思議に思わないような、ある種の固さを持っていた。ギリシア将校の持つ雰囲気が、崩れていたと言うのではない。それどころか、静かな眼《め》つきで見すえられると、なにごとでも否と言えないような圧迫感を感じさせた。

避暑客でごったがえすこのホテルで、おそらくわれわれ二人だけが、肌を焼く目的を持たない滞在客であったろう。男は、クレタ島で行われる演習に参加するために、最前線の基地からヘリコプターでロードス島まで来て、そこから軍用機に乗ってクレタへ向う途中であった。軍用機は、明日の朝ロードスを発《た》つことになっている。古戦場まわりをしている私のほうは、クレタはすでに見終っていた。その後ロードス島に立ち寄り、そこからいったんアテネへもどって預けてある車を受けとり、ギリシアを北上してイスタンブールまで向う予定がすでにできていた。私の乗る飛行機も、明朝ロードスを発つ。

それまでに私とて、ヨーロッパの将校を知らなかったわけではない。ローマの各大使館には武官が必ず駐在していたし、ナポリにNATOの軍事基地があるところから、休暇を利用してローマを訪れる将校を幾人も知っていた。しかし、彼らは皆、受けた教育が一見してわかる、陽性のおだやかな紳士たちであった。私の考えていた正規軍の将校とは、そういう人たちであった。彼らの誰一人、私とは別世界の男であると思わせるような雰囲気の持主ではなかった。

今でも、時々、思うことがある。あのロードス島で出会ったギリシアの将校には、なぜ、野戦の匂《にお》いがあれほども強く漂っていたのかと。

おそらく、その原因の一つは、ヨーロッパ諸国の中でギリシアだけが、つい最近まで実際に戦いをしていた国であったからであろう。キプロスをめぐって、トルコと争っていた。戦いが終っても、トルコに対しては、ギリシアは今でも戦時体制を解かない。彼の部隊が駐屯《ちゆうとん》する最前線基地も、対岸はトルコだ。それに、彼の話してくれたトルコ兵との戦闘の模様は、ひどく生々しかった。

原因の二つ目は、落下傘部隊の隊長であるからだと思っている。落下傘部隊は、やることがやることだけに、志願する者だけで構成される。上からの強制による配属ではない。また、志願すれば誰でも入れるというものでもない。まず、厳重な身体検査でふるいにかけられ、訓練期間中も、不適格者と見れば容赦なく他の部隊に変らせられる。そして、当然のことながらも、訓練は実に厳しい。

こうも厳格な選抜を経てのことであるだけに、正式に落下傘部隊に配属された者の誇りは、それが、たとえ、徴兵制度によって平時の軍務に駆り出された一兵卒であっても、他の部隊の兵と比べて断然強い。イタリアのように軍隊では有名でない国でも、ピサにある落下傘部隊は、精鋭部隊として名の聞こえた存在だ。これまた負けることでは人後に落ちないフランス軍でも、パラと言えば、勇猛な兵士を想像させる。ギリシアでも、変りはないにちがいない。

第三の原因だけは、私が考えたのではなく、彼が言いだしたことだった。それもあまりに強く言い張るので、私は微笑するばかりだった。

彼は、自分はギリシア人ではなく、スパルタ人である、と言うのである。スパルタ出身のギリシア人だ、と言ったのではない。まさか、二千五百年前のラケダイモンの勇者たちの子孫が残っているわけでもないのに、と反論したら、彼は怒りはしなかったが、こちらを押えつけてウムとも言わせないような調子で、説明しはじめた。

スパルタ人が他のギリシア人と比べて、ビザンチン帝国の時代にもトルコの支配の間でも純血を保てたのは、スパルタが、険しい山をいくつも越えなければたどり着けない、奥地にあったからだ、と言うのである。だから、ギリシアの海岸近くにあるアテネのような町や、エーゲ海の島々の住人が、トルコ人との混血で昔のギリシア人の血を失って堕落してしまった後でも、スパルタ人だけは昔のままに残ったのだそうだ。

そう言われれば、ナウプリオンからスパルタ、そしてスパルタからコリントへ向う道は、幾重にも重なる山ひだを曲がりくねって通る道路を、忍耐強く行くしかない難路であった。私は、背後に一つ、また一つと去る山を数えながら、よくもまあ昔のスパルタ人は、こんな道を通って他国へ戦争に出かける気になったものだ、と感心したくらいである。しかし、そうやってようやく着いたラケダイモンの勇者の都は、アメリカのミドル・ウェストの街並みを思わせるほど無味乾燥で、私は、ただただ憮然《ぶぜん》として、途中の山道で買ってきた桜んぼをかじっていたのだが……。

それでも、私は、わがスパルタの戦士の言うことを信ずることにした。こういうことは、頭で色々考えるよりも、全身で信じてしまったほうが楽しい。

あとはなんの話をしたのか、今では忘れてしまった。ただ、その夜に彼が言ったことで、一つだけ、今でも時折思い出すことがある。二百人の部下は、自分が死んでくれと言えば死ぬ、と言ったのである。私が、なぜそんなに確信が持てるのかと聞いたら、彼はこう答えた。
「常日頃《つねひごろ》死なせないようにこちらが配慮しているから、死んでくれと言った時は、彼らは死んでくれる」

スパルタが強かった時代から、もう少し時代がさがった頃である。共和制時代のローマ人は、ハンニバルの率いるカルタゴ軍に負けてばかりいた。傭兵《ようへい》を主力にしたカルタゴ軍に、市民軍のローマがどうしても勝てないのである。なぜ勝てないのかと真剣に考えたのが、ローマ軍の若い将軍で、後にアフリカヌスと呼ばれるスキピオであった。彼は、ハンニバルの強さの第一の原因を、ハンニバルと彼の傭兵との精神的なつながりのあり方にある、と見たのである。傭兵たちのハンニバルに対する心酔の深さは、対戦したローマ人の間でも評判になるほどであった。一方、ローマ軍は、市民軍であるだけに、指揮官たちは、今の言葉で言えば官僚的になっていて、兵士一人一人と指揮官との間の人間的つながりなど、誰も真剣に考えたことはない。国家のため家族のためという大義さえ与えてやれば、市民はそれを守る気持から、当然勇敢に戦うものだ、と信じて疑わない。ところが、そのような大義を持たない傭兵のほうが、強いのはなぜか。スキピオは、それが、金《かね》を稼《かせ》ぐ欲望からきているものだけではないと察していた。

彼は、ハンニバルのやり方をそっくりまねることに決める。その後のスキピオのやり方は興味深い。作戦は、彼と副官以外には誰にも知らせない。それでいて兵士には、敗戦になっても必ず生きのびられるような道を考えてある。また、不幸にして死んだ兵士や戦傷で不具になった者の家族には、手厚い保護が保証される。スキピオは、これらのことを、自軍の兵士が、大将に言葉で言われなくても自然に納得するように仕向けた。少しずつ、ローマ市民軍は強くなっていく。そして、ついにザマの戦いでスキピオがハンニバルを破るのは、すでによく知られた話だ。

スキピオ・アフリカヌスは、古代世界の覇者《はしゃ》を決したポエニ戦役の英雄として誰知らぬ者もないほど有名だが、彼が、それが何万人になろうと、配下の兵士たちの名前と顔と家族環境をすべて覚えていたことは、あまり知られていない。

兵士は、市民兵と傭兵に二分される、と私は思っている。互いに、戦う立場では同じでも、それをする動機では大きなちがいがある。だが、歴史上有名な武将を思い出してみると、彼らは皆、市民兵と傭兵を合わせたような戦士づくりに成功している。これは、男たちの世界だ。その世界では、われわれ女は除外され、ただ外側から、嫉妬《しっと》を感じながら眺《なが》めるしかない。この男同士の間に生れる、官能的と言ってもよい関係を一度でも味わった者は、それのない世界に生きることはほとんど不可能になるのであろう。わがスパルタの戦士は、もしも何かの事情でギリシア軍から脱《ぬ》けるようなことになったら、何をするのか、と訊《き》いた私に、こんなふうに答えた。

「アラビアにでも行って、そこで傭兵にでもなるさ」

イギリスの士官学校で教育を受けた彼のことだから、万事英国式のアラブ軍を指揮することなど、さほどむずかしいことではないであろう。彼に言わせると、スパルタの戦士とは、国のためでもなく金《かね》のためでもなく、ただ戦いのために戦う兵士のことなのだそうである。

第九話　大使とコーヒー

ヴェネツィア共和国が各国に派遣していた大使から本国政府に送られていた報告書は、ヴェネツィア史を学ぶ者にとっては、欠かすことの許されない第一級の史料ということになっている。いや、ヴェネツィア史にかぎらない。私が『ルネサンスの女たち』や『チェーザレ・ボルジアあるいは優雅なる冷酷』や『神の代理人』で、フェラーラやマントヴァやミラノや法王庁のローマを書いていた時にも、その国駐在のヴェネツィア大使の報告書には、一度は必ず眼《め》を通す必要があった。それどころか、当時のトルコやフランス、イギリス、スペインからもっと小さな国々まで、それらの国々がどのような側面を持っていたかも、ヴェネツィア大使たちの書き残したものから、われわれは興味深い事実を知ることができるのである。

なにしろ、情報の量がまず多い。また、その種類も豊富だ。それでいて、情報の取捨選択でも優れている。そして、これらを総合し、それをもとにして将来を予測する能力でも、他の国々の同僚たちを圧して優れていた。

では、なぜヴェネツィアに、このような現象が起ったのであろうか。答えは簡単である。天然資源は塩しかない。食糧を産する耕作地もない。人口も、二〇万を越えたことは一度もなかった国である。細々と生きるのならば、漁師をしていればよかったが、文明人としての生活を維持しようと思えば、海外貿易に力をいれるしかなかった。当然、交易の相手国の情勢を知るのは不可欠の課題になってくる。ヴェネツィア人は、こうして、商人が冷静に市場調査をするのと同じ気持で情報を集め、それによって外交を行なったのである。

だが、これも、理《ことわり》の通じる相手とならば、比較的簡単に行える。つまり、話せばわかる相手とならば、双方とも利己主義者同士でも、妥協は常に可能だからだ。問題は、発想の仕方がまるでちがっている民族を相手としなければならない時であった。十五世紀後半からのトルコとの交渉を行うヴェネツィアの外交官の報告書には、実に苦い絶望感が漂う。共通の利益を基盤として話を進めるなどということは、彼らとの間では不可能なのだと充分に知りながら、レアル・ポリティークを進めるしかない国を代表する者の絶望であろう。

レアル・ポリティークとは、双方とも現実主義者でないとうまく行かないという欠陥を持っている。だが、もしも一方にしか現実を洞察《どうさつ》する能力がない場合でも、その国にとっては、レアル・ポリティークを進めるしか他に方法がない、という宿命を持つのである。簡単に口でレアル・ポリティークと唱えれば何でもうまく行くと思っている人に、一度、ヴェネツィア大使の報告書を読ませてみたい。

イスタンブールのトプカピ宮殿の中の、トルコのスルタンの接見の間に、金縁に入った大鏡が一対《いっつい》、麗々しく飾ってある。ヴェネツィア大使がスルタンに贈ったものだと、トルコ人の案内人は誇らし気に説明した。あの程度のものは、零落した今日のヴェネツィアでさえ、何万と見られる。しかし、そのような品を贈りながら、ヴェネツィア大使は、一声でヴェネツィアの全人口以上の大軍をただちに編成できる力を持つ、それでいて理《ことわり》のまったく通じないスルタンと、どのような気持で交渉していたのであろうか。

しかし、この種の不幸は、今日のわれわれとて無縁ではない。先頃《さきごろ》読んだ、石油産出国との交渉を担当しているあるイギリス外交官の報告書は、私に、五百年前のヴェネツィア大使の絶望を思い出させたものである。

だが、このようなことは、ヴェネツィア共和国の通史を書くつもりの『海の都の物語』のほうでくわしくふれるとして、ここでは、もう少し愉《たの》しい話をしたい。簡潔にして要をえた文体で、絶望感さえも乾いた表現をするのが特徴のヴェネツィア大使たちの報告書には、しばしば、相手国の風俗を紹介する部分があって、読む者を微笑させずにはおかない。その一つが、コーヒーについて述べたところであった。

一五八五年、トルコ帝国駐在大使ジャンフランコ・モロシーニは、いつものようにトルコのあらゆる情勢について報告した後に、こんな一文をつけ加えた。

「ここコンスタンティノープルでは、トルコ人は暇をつぶすのに、道の上でも店の中でも、そこに坐《すわ》りこんで、CAVEEと呼ばれる種から取った、煮え立っている黒い色をした飲物を飲むのです。人の言うには、この飲物は、飲む人の頭をはっきりさせる効力があるとか」

しばらくして本国に帰国した大使モロシーニは、一包みの、カヴェと呼ばれる種を持ち帰った。

少しずつ、この魅惑的なトルコの飲物は、ヴェネツィアの上流社会に広まっていく。とはいえ、一六三八年になっても、薬屋で売られるカヴェは、まだひどく高価な品であった。それに不満を持ったコーヒー好きの運動が効果をもたらしたのか、何にでも〝行政指導〟することが好きなヴェネツィア政府は、元老院《セナート》で、より多量のカヴェの輸入を決める。

一六八三年、聖《サン》マルコ広場の回廊の一画に、ヴェネツィアで、いや西欧ではじめてのコーヒー店が開店した。これが、大衆に広まる発火点となった。コーヒー店はたちまち増え、一七五九年には、そのあまりの流行に心配したヴェネツィア政府は、法律でもって店の数を制限したほどであった。

その年のヴェネツィア中のコーヒー店の数は二〇六、聖マルコ広場周辺だけでも、二十四店にのぼった。

今日でも聖マルコ広場の回廊に店を出しているカフェ・フロリアンは、創業一七二〇年だから、二百六十年も続いているわけである。

一七〇〇年代にヴェネツィアを風靡《ふうび》したコーヒー店の名前には、愉しいものが多い。ちなみに「フロリアン」は、店主フロリアーノ・フランチェスコーニの名から取ったものである。その他の店には、「アラブ人」「ビザンチン皇帝」「オルフェオ」「豊潤」「黄金の葉」「ダイアナの泉」「曙《あけぼの》」「勇気」「希望」などというものもあった。

「フロリアン」とともに今日にも残る「クワドリ」は、聖《サン》マルコ寺院に向って右側にある「フロリアン」のちょうど向い側にあるが、創業は一七七五年である。本場トルコ・コーヒーを飲ませるのを、売りものにした店であった。店の名の由来は、店主ジョルジョ・クワドリの姓を取ったものだ。この男はコルフ島の出身で、本場のコーヒーをいれる達人として大もうけをしたらしい。

これらの店の内部は、当時の風俗画によると、サロンのあちこちに卓を置いて、客はそこに坐って飲む、喫茶店方式のものであった。今日のイタリア各地で見られる「バア」という、カウンターの前で注文したコーヒーを立ち飲みして出ていく喫茶店ではない。その後卓の間を少しせばめて客を多く入れるように変ったが、これは今でも、「フロリアン」や、もう少し後にできるローマの「カフェ・グレコ」に、当時の面影《おもかげ》を見ることができる。

このような店づくりだから、当然、人々のタマリになった。劇場近くの「メネガッツォ」という店は、劇作家や俳優たちが集まるので有名であった。ゴルドーニも、ここの常連であったという。この店には、カナレットやロンギなどの画家たちも出入りしていた。元首官邸《パラッツォ・ドゥカーレ》近くにあった「船」という店には、貴族や役人の官服を着けた重々しい姿がいつも見られたし、そこを少し離れた「河岸」には、若い貴族たちがたむろして陽気に騒いでいた。身持ちの軽い女たちを探そうと思えば、サン・ポーロ区の「オリエントの星」に行けばよかった。〝危険思想〟の持主の行く店としては、「剣」があった。この店は、その一画でフランス革命思想に関する書物を売っていたので、政府によって禁じられたが、コーヒーを飲むだけならばかまわなかった。書店のほうは閉鎖されたが、喫茶店のほうは開店を許されていたからである。

トルコ式コーヒーからどのような経過をたどって、今日のエスプレッソになったのかは知らない。だが、私の好みから言えば、トルコ・コーヒーの次に美味《うま》いのは、イタリアのエスプレッソである。そして、同じものなのに、カフェ・オ・レよりもカプチーノが美味いのは、牛乳に加えるコーヒーの味の差からきていると確信している。

第十話　法の外の文明

　これは、友人の刑事から聴いた話をもとにしている。彼の担当は、テロなどの政治関係の犯罪を除くすべてということになっているが、トスカーナ地方でも頻発《ひんぱつ》するようになった誘《ゆう》拐《かい》が、この頃《ころ》の主な仕事だ。

　地中海には大小さまざまな美しい島が散らばっているけれど、その中でもサルデーニャほどの自然美に恵まれた島は少ないにちがいない。地中海に憧《あこが》れる人は、この私もふくめてだが、そこに歴史の影を求める傾向が強く、そのためにサルデーニャに関心を寄せる外国人は、これまでは非常に少なかった。なぜなら、サルデーニャは、シチリアやクレタやロードス島とちがって、歴史の遺跡には恵まれていないからである。

　だが、自然の美しさからすれば、この島はまったく他を圧倒している。紺碧《こんぺき》の海は、入り組んだ入江の奥まで侵入してきて、赤茶けた岩と、それをおおって水の上まで腕をのばしている緑と張り合っている。陽光は惜し気もなくふりそそぎ、西風は、節度を保って涼気を呼ぶ。美しいが風も強いギリシアの島々と比べて、この島の快適な自然美は、まったく文句のつけようがない。歴史には関心はなくても、快適な自然美を味わいたい人によって、この島の観光化がなされたのも当然であった。

しかし、このように開けた地帯は、海岸に近いところにかぎられている。内陸部に入ると、これが同じ島の内かと驚かされるほど閉鎖的だ。ここで感じるような異邦人を拒絶する雰囲《ふんい》気《き》は、サルデーニャよりも大きいシチリアの内部でも感じられない。どこにも道路をつくることの好きだった古代ローマ人は、サルデーニャを縦断する街道をつくったが、それでも内陸部のサルデーニャ人を支配することができなかった。ヌオーロを中心とするこの地方が、今日では誘拐犯の巣窟《そうくつ》なのである。

サルデーニャに歴史の遺跡がないのは、文明が及ばなかったのではなくて、文明が及ぶのを拒絶したからではないかと思えてならない。カルタゴもローマも、植民をし街道を切り開いたけれども、全島を植民地化できたことは一度もなかった。その後、ピサが基地をつくり、ジェノヴァも領有を策し、スペインも植民を送りこんだのに、〝文明化〟できたのは、いずれも海岸に近い地域にかぎられている。サルデーニャの内陸部の人々は、その間ずっと、昔からの仕事である羊飼いを続けて今日に至った。誘拐事件を起すのは、これら羊飼いたちなのである。

なぜ羊飼いと誘拐がつながるのかという私の第一の疑問に、友人の刑事は次のように答えてくれた。

サルデーニャの羊飼いは、昔から、しばしば海岸に近い地方を襲って人質を奪い、それと交換に物品を獲得するということをやってきた。また、彼らの間でも、男の意気を示す手段として、他人の羊を盗むことは当り前の行為と考えられてきたのである。他人の物を盗んではならないという概念、つまり法の概念は、彼らにはないのである。いや、羊飼いという職業には、もともと存在しなかった考え方なのであろう。彼らの考えでは、盗まれるのがいやならば、盗みかえせばよいとなる。法で規制して共存共栄に努力するというような考え方は、山間を羊の群を追って何カ月も一人きりで過ごす羊飼いには、生れえない考え方なのかもしれない。

私の第二の疑問は、羊飼いたちはなぜ羊飼いをやめて、もう少し進んだ職業につこうとしないのか、ということであった。羊飼いによる誘拐に手を焼いたイタリア政府が、サルデーニャ内陸部の工業化や牧畜業の奨励に熱心なので、羊飼いをやめようと思う者にとっては、職業を変えることもそれほど不可能ではないからである。私の友人はそれに答えるよりも、私に、羊飼いの尋問に行く彼に同行してはと推《すす》めた。サルデーニャまで行く必要はない。フィレンツェの近くのサルデーニャ人の羊飼いを訪ねて行くのである。トスカーナ地方で起る誘拐事件のほとんどは、これら出稼ぎたちの仕わざであった。

フィレンツェとシエナを結ぶ、葡萄酒《ぶどうしゅ》で有名なキャンティ地方と、アウレリア街道が走る海岸地帯のちょうど中間の山地が、本土に移住したサルデーニャの羊飼いたちの王国であった。フィレンツェから一時間も車を走らせたところで、車を捨てる。ここからは歩いて行くしかない。ふみかためられただけの細い道に入った。この辺り一帯にはトスカーナ人は一人も住んでいない、と刑事が言う。あまりにも不便な地で、葡萄畑もオリーヴも、つくっても割に合わないのであろう。苦労が多すぎるのだ。そんな道を十キロも行く。最近起った誘拐事件の主犯と目星をつけた男を訪ねて行くのだが、わが友人の刑事は、心配はまったくない、話しに行くだけだから、と言った。要するに、探りに行くということなのであろう。そのためか、彼のピストルは、私のバッグに入っている。

歩き疲れた頃《ころ》になって、ある小屋の前に着いた。中年の夫婦が、二人だけで住んでいる。まったく文字どおりの小屋で、カラー・テレビだけが目立った。葡萄酒をふるまわれて、わが友人の刑事は、夫のほうと話しこんでいる。なんのことはない、チーズや羊毛の値の動きとか、新しく男が買った放牧地の話で、世間話となんら変りはない。ただ、黒の鳥打帽をかぶった陽焼《ひや》けした羊飼いの言うことが、私にはほとんどわからなかった。後で知ったのだが、サルデーニャ内陸部の方言にはギリシア語が多く混じっていて、イタリア語の方言とは言えないのだそうである。刑事は、前に五年もその地方で勤務したことがあるので理解できるのだ。

この夫妻と別れて、またも歩きはじめた。周囲の自然は、刑事に言われてはじめて、一度行ったことのあるサルデーニャの内陸部と、怖《おそろ》しいほどよく似ているのに気づいた。羊飼いを続けると土地が荒れるので、本土に移住せざるをえなくなった彼らも、故郷と似た自然を求めて、この一帯に眼《め》をつけたのである。羊飼いとともに誘拐も移住したのだから、トスカーナ地方の人々にとっては災難であるけれど。刑事は、もう一つ、私を驚かせることを言った。あの別れてきたばかりの羊飼いは、あれで、億という財産の持主だと言うのである。私は、開いた口がふさがらなかった。

しばらく行くと、小さな村に出た。黒い鳥打帽をかぶった男たちと、これだけは変に立派な犬だけの目立つ村である。その村の飲屋に、わが友人は迷わずに入って行った。そして、すみのテーブルの前に坐《すわ》っている一人の男の前に彼も坐り、話しはじめた。ごく普通の世間話が続く。私には、この男と他の男たちとのちがいが、はじめのうちはまったくわからなかった。同じように鳥打帽をかぶり、同じように陽焼けして、同じようなくたびれた背広を着ているのである。だが、しばらくしたらわかった。他の男たちが彼に話す時に、必ず言葉のはじめに、

「プリンツィパーレ」

とつけるのである。これは、私にでもわかる。発音はおかしいが、第一人者という意味だからだ。つまり、この男がボスなのである。刑事が、主犯と目星をつけたのもこの男であった。それにしても、なんとおだやかな話しぶりであろう。刑事は、話のついでというふうに、

男の年老いた母親の病状をたずね、見舞いたいと言った。

村のはずれにある〝ボス〟の家は、一部屋だけの小屋ではなかったが、家の中の様子は、羊飼いの小屋と変りはなかった。ここでも、カラー・テレビだけが目立っていて、他には、現代生活を思わせるものは一つもない。私が、苦労してこのボスと話している間、刑事は、別室へ行って病気の母親とのおしゃべりに余念がなかった。しかし、私の苦労は報われたようである。わが友人は、重要なアリバイくずしの糸口を、この見舞いから得たのだから。そして、私のほうもはじめて、彼らが羊飼いを続ける理由が理解できたような気がする。プリンツィパーレは、こう言った。

「長男も次男も三男も、立派に羊飼いをしている。四男のやつだけが出来が悪く、町へ出て郵便局に勤めているが」

この四男とは、十年以上も会っていないのだそうである。

誘拐によって何十億という財産家になっても、彼らサルデーニャの羊飼いの生活ぶりは変らない。シチリアのマフィアあたりだと、金を手にしたとたんに豪華な自動車を買いこんだり、ナイト・クラブで豪遊したりするから、すぐに目立って捜査もやりやすいのだが、羊飼いたちは、羊を買ったり放牧地をひろげたりするだけなので、コントロールするのが大変に困難なのだそうである。それに、誘拐を営利事業と考えるわけでもないから、人質を実に簡単に殺す。わが友人は、死刑論者である。五年や六年で出所できる現状では、減るわけがない、と言う。歴史的な興味で見れば、地中海世界最古の男の職業が眼前によみがえったようで、彼らのそれに対する強い誇りとともに、これもまた一つの文明と思えないでもない。しかし、実際にむごたらしく殺された人質を見、不安に眠れない家族と会わなければならない者にすれば、法の外に昂然《こうぜん》と生き続けるサルデーニャの羊飼いは、耐えがたい存在なのであろう。

第十一話　葡萄酒《ぶどうしゅ》の国

ワインと聴くたびに、私は悲しくなる。ヴィンともヴィーノとも、またヴィーヌムともオイノスとも言ってくれとは頼まないけれど、ワインという名はあまりにも悲しい。御飯をライスと言われた時感じるのと同じ胸の痛みを、

「ワインでもいかがですか」

と言われるたびに私は感じる。同じ逐語の訳語でも、地中海という言葉ほどの名訳語ではないが、葡萄酒も相当に良い訳語ではないか。ワインと言われれば、卓上に置かれて飲まれるのを待っているだけの酒でしかないが、葡萄酒と呼ばれると、白ならば、その黄金色の向うに夕陽《ゆうひ》を照り返す地中海が見え、赤ならば、血に染まる海戦直後の海を幻想することもできるのである。それがワインと聴くや、日本での非常識な値段もあって、私が現実から離れるのを不可能にしてしまう。あまり離れすぎるのははた迷惑でも、ほんの少しも離れられないでは、酒を飲む意味などどこにあろう。

昔、ギリシア人はイタリアを、オイノスの国という意味で、エノートリアと呼んでいた。

と言っても、現代の長靴《ながぐつ》の形をしたイタリア半島すべてではなく、マーニヤ・グレチアと呼ばれたギリシア植民地を指す名称であった。長靴の下三分の一とシチリアが、イタリアにおけるギリシア植民地であったのだから。

このように呼ばれるくらいだから、良質の葡萄酒の産地であった。それもただ単に美味《うま》い酒を産するというだけでなく、この一帯で産する葡萄酒は、ギリシア人の間で、ことのほか愛飲されていたらしい。とくに、長靴の土ふまずにあたるところにある、カラーブリア地方のチロという地で産する葡萄酒は、当時ギリシア人の影響下にあった地域で産するものの最高級品とされていて、オリンピア競技の勝利者に供される葡萄酒の栄光を持ちつづけていたと言う。さしずめ「オリンピック御用達《ごようたし》」というわけであったろう。

ローマ時代に入ると、反対にギリシア産の葡萄酒のほうが珍重されるようになる。かつてのマーニヤ・グレチアはもちろんのこと、首都ローマの周辺も葡萄酒の醸造が盛んであったのに、遠方から運んでくるものを好むのは、今に至る外国製品好みと似た現象であるのかもしれない。ビールもあったけれど、これは奴隷《どれい》の飲料とされていて、ちゃんとしたローマ市民は葡萄酒しか飲まないということになっていた。炎暑下での行軍の後のいっぱいのビールは、さぞかし美味かったろうと思われるのに、ローマの武将たちは、冷たい水で割った葡萄酒を飲んで、行軍の疲れを癒《い》やしていたのである。

ちなみに、赤は室温で飲めと言うが、ああいうことは気温の低い北イタリア以北にしかあてはまらない飲み方なのだ。気温の高い、そのために葡萄酒のアルコール度も高い地中海世界の葡萄酒は、氷を入れてオンザロックにして飲んでも充分に耐える酒である。ギリシア人もローマ人と同じように水で割って飲んだが、フランスの葡萄酒は、そんな荒技には耐えられない。

ついでだから書いてしまうが、昔のマーニヤ・グレチアは、現代でも「ヨーロッパの酒蔵《さかぐら》」と呼ばれるほど、葡萄酒の名産地としては、知る人ぞ知る地帯なのである。なぜそうかと言うと、この地方の葡萄酒業者は小規模なものが多く、そのために世界に名の聴こえた銘《めい》柄《がら》はほんとうに少ないのだが、「ヴィーノ・ディ・ターリオ」つまり弱い酒に混ぜる強い酒の産地としては、ヨーロッパ一なのである。

名の高いフランス葡萄酒も、ましてやキャンティあたりのものは当り前の話だが、葡萄酒というものは、年々同じ濃度のものができるわけがないのだ。それで、砂糖を入れたりして一定の濃度を保持する苦心が必要になってくる。もちろん、混入するものが砂糖よりも葡萄酒のほうがよいのは当り前だから、濃度の高い葡萄酒を、しかも小企業が相手なので値を低く押えた葡萄酒を多量に輸入して、それを混ぜるのである。葡萄酒の大半は、こうしてつくられた、いわゆるブレンド製品なのが真相だ。

ちなみに、何度もちなみにをくり返して恐縮だが、酒の話を論理的に書くなどということは、所詮《しょせん》不可能な作業である。連想するものを、次々と述べるしかない。

それでだが、私の最も愛好するロゼは、長靴のかかと近く、プーリア地方のレオーネ・デ・カストリス公爵《こうしゃく》のつくるものである。十年もの歳月に耐えるものは、白でもロゼでも極く少ないが、この「ファイブ・ローゼス」という葡萄酒は、立派にその歳月に耐える。これに比べれば「マテウス」など、女子学生向きだと思っている。まあ、葡萄酒の好みほど個人的なものはなくて、葡萄酒を飲む量では東西の横綱格のフランス人やイタリア人に訊《き》いても、最上と思う銘柄は千差万別なのが普通である。たいがいが、自分の生れた土地のものを第一に推すから、こういう結果になるので、この人たちから最上の葡萄酒を探り出そうとするのなら、彼らに美味い葡萄酒を十あげさせ、その中の下位に最も多く出てくるものの統計をとればよい。最高ではないけれどまあ悪くない、と彼らが思う酒が、ほんとうは最も美味い葡萄酒と考えたら当っている。ちなみに、葡萄酒のきき酒をさせたら、産酒国のフランスやイタリアの人より、そうでないイギリス人が優勝したと言うではないか。だから、フランスの酒ききの名人といわれる人の意見さえ、私は半信半疑で聴くことにしている。

話を歴史にもどすが、ローマ帝国崩壊後の暗黒の中世も、葡萄酒から見れば、雨のち晴のような時代だったと言ってもよい。崩壊後二、三百年は、侵入してきた蛮族によって、ローマ時代の豊かな葡萄畑は見る影もなく荒らされたままに放置されていたが、それを少しずつ再興したのが各地の修道院である。

放置されたままの葡萄畑に再び葡萄の実を結ばせるのは、考える以上に大変な事業なのである。中世時代に存在したほとんど唯一《ゆいいつ》の組織と言ってもよい修道院でなければ、やれることではなかったであろう。私の夫がシチリアに持っている耕作地の中に、「イエズス会修道士の葡萄畑」と呼ばれている土地がある。そこで産する葡萄からは、その辺一帯でも最上の葡萄酒が今でもできる。修道士たちは、一生懸命に苗木を植えるだけでなく、土地を選ぶ眼《め》も確かであったにちがいない。

それにしても、人間やはり、ただ単に献身的な気持だけでは、このような大変なことを連続してやれるわけがない。修道士には、美味い葡萄酒を味わう愉《たの》しみもあったにちがいない。今でも、修道院の質素な食事の中で、葡萄酒だけが場ちがいに美味いのに驚かされることがある。以前、私がダンテの『神曲』を習いに通っていた僧院の院長は、私の朗読が上手《うま》くいくたびに、「ヴィン・サント」と呼ぶ古葡萄酒を、御馳走《ごちそう》してくれたものであった。「地獄篇」でこれだから、イタリアの坊主《ぼうず》は粋《いき》である。

ちなみに、外国生活の前半をローマで送ったことは、私の考え方の方向づけに、非常に役立ったと信じている。あそこには、ヴァティカンがあるのだ。美味い食事と美味い葡萄酒を愉しむことを、私は、彼らから学んだようなものである。真実三分嘘《うそ》七分の会話を愉しむすべとともに。ただし、これを日本でやると、たいがいの人が、全部真実と思うから困ってしまう。

再び歴史に話をもどすが、坊主さえこれほど現世的なイタリアで、ルネサンスが起ったのも当然であった。しかも、ギリシア・ローマの文芸を復興しただけでなく、あの時代以来の外国品好みの嗜好《しこう》まで復興したのだから面白い。当時の宴会の記録など読むと、ギリシア産のマルヴァジア酒なしには夜も日も明けなかった様子がわかる。イタリアの中でも、修道士の努力のかいあって、美味い葡萄酒にこと欠かなかったのである。それなのに、ペロポネソス半島産のこの甘口の葡萄酒が、ヴァティカンはもとより、ヨーロッパ中の宮廷や大商人から珍重されたのであった。今のシャンパンの占めている地位と働きを、当時のマルヴァジア酒は占めていたと言ってよい。

この酒の輸入元は、地中海を縦横に活躍していたヴェネツィア商人であった。彼らは、マルヴァジア産のそれだけで満足せず、キプロス島でもクレタ島でも、葡萄の栽培をはじめる。この二カ所でできた葡萄酒が、ルネサンス時代の〝ブルゴーニュ〟〝ボルドー〟であったのである。

ちなみに、ブルゴーニュもボルドーも、その頃《ころ》はまったく影が薄かった。十六世紀の中頃に法王であったパオロ三世の酒蔵係をしていた男が、記録を残している。それには、フランスの葡萄酒は、主人方の飲む酒ではなく、使用人の飲むものだと酷評している。葡萄酒の嗜好は、このように時代につれて変るものなのだ。

言わずもがなのことだが、この稿は、葡萄酒を飲みながら書いている。脱線ばかりしたのはそのためである。もちろん、非常識な値段によって私を現実に引きもどす、フランスの酒ではない。日本産の、それも最も安い、ために国産の葡萄を使ってなく、地中海産の安い原酒をブレンドしたものを飲んでいる。日本産の中では最も安い葡萄酒が最も美味いというのは、ある人に教えられて試したがほんとうだった。

第十二話　宝石と宝飾

前に、トルコのスルタンのハレムに生きた一人のフランス女の話を書いていた時である。こんな記録があって微笑させられた。彼女がいかにフランス女らしくセンスが良かったかを述べた箇所である。

「寵妃《ちょうひ》エメは、トプカピ宮殿の中にいる時も外に出る時も、宝石はただ一つしか身につけなかった。そして、彼女の所有する見事な宝石類は、大きな銀盆に山と盛られ、妃のすぐ後につき従う奴隷女《どれいおんな》が捧《ささ》げ持っていくのである。

人々は、それを見て、やはりフランス生れはちがう、と感嘆するのだった」

こういうのをセンスが良いというのならば、私にも決して不都合ではない。だが、宮殿の中はともかくとして、外出時は、四辺を堅く閉ざした輿《こし》に乗っていくのである。中に坐《すわ》るエメの姿は誰も見ることができず、人々の眼《め》にふれるのは、宝石を山盛りした銀盆を捧げて輿の後に続く、奴隷女だけなのだ。フランス女の心意気を貫くのも、宝石の質と量では世界一であった当時のトルコでは、並たいていのアイデアでは効果がなかったのであろう。だが、それにしてもユーモラスで、微笑をさそわれる。

私は、宝石に興味を持ったことがない。一度だけ良いなと思ったものが、十五年前の値で二千万円して、とうてい手のとどく品でないと早々にあきらめてしまったためもある。だが、それよりも、宝石だけをこれでもかこれでもかというように盛りあげる、つくり方が気に入らないのである。指輪などとくにこの傾向がひどくて、握手した相手が痛さでとび上がりかねないようなつくりではないか。しかも、美しくない。美しいのは真上から見た場合だけで、側面から眺《なが》める時、盛りあがり方が極端なために、指から完全に浮いてしまっている。

このようなつくり方は、長い宝石の歴史の中でも、ごく短い時代、つまり現代に入ってからである。それは、おそらく、宝石の大衆化と期を同じくしているにちがいない。米粒ほどのダイヤを、これでもかこれでもかと盛りあげるのは、惨《みじ》めったらしくて見ていられない。宝石が貧しいから、土台が無理したつくり方をせざるをえなくなるのであろう。

それで、夫にはまことに幸いなことに、私の無関心はだいぶ長く続いたのであった。中世以来の金細工の伝統を持つフィレンツェに住んでいても、終戦後のアメリカ人の観光客目当てで、かつての繊細な技術は、アメリカ人好みの下品な派手さに追従していたから、ポンテ・ヴェッキオの両側に並ぶ店の前も、さっさと歩調も乱れずに往《ゆ》き来《き》できたのであった。

歩調が乱れたのは、イスタンブールを訪れた時である。トプカピ宮殿の宝飾の展示を、通常の取材以上の熱心さで見て歩いたのがまずいけなかった。そして、その後で、グラン・バザールも取材したからなお悪い。宝石には無関心であった私が、ここではじめて、宝飾の素晴らしさに眼を見張る。

宝石という言葉は、私からすると石だけが主役のものを指し、反対に宝飾という言葉は、石とそれを取りまく周囲の細工が絶妙なハーモニーをつくっているものを指すつもりだが、もう一つ別の言い方をすれば、宝石とは、いざとなればお金に換えられるところから、身を飾るよりも財産保持が目的であり、反対に宝飾は、そんなことは関係なく、飾るのが目的となってくる、と、少なくとも、私は断定している。ほんとうを言えば、財産保持や投資が目的ならば、宝石のカットは進歩する一方なので、原石のまま持ち、それを銀行にでも預けておくべきなのだ。いざ売るとなると、細工の部分にはたいした値をつけてくれないからである。

一方、宝飾は、ただただ身を飾りたいの一心でつけるものだから、眺めるだけでも愉《たの》しい。もちろん、宝石を土台にしてつくるものなので、宝石にもそれなりの値がつくにはちがいないが、売る段になって高く値ぶみされない細工に凝るのだから、投資として考えるならば、これほど割に合わないものはない。割に合わないものにお金をかけるところが、気に入ったと言えば言えないわけでもないのだが。

なにしろ、イスタンブールの宝飾は素晴らしい。飾るという喜びを、これほどおおらかに歌いあげたものは、パリにもローマにも、そしてフィレンツェにもなかった。フランス的センスの良さということならば、少々問題はあるかもしれない。だが、下品ではない。こういう伝統はトルコのものではなく、トルコが滅ぼしたビザンチン帝国の遺産であったにちがいない。先日、山本七平先生にたずねたら、やはりそうだろう、と言っておられた。銀はいくらかあるが、細工に用いるのは、小粒のダイヤ、ルビー、サファイアに金である。何段もの指輪を一つの指輪に仕上げたもの以外は、「ハレムの寵妃の指輪」という名で知られた、何段もの指輪を一つの指輪に仕上げたもの以外は、使われているのをあまり見かけなかった。日本人が、金よりもプラチナを好むのは、もうフィレンツェの宝石店では誰知らぬ者はない。だが、私個人の趣味では、断然金に軍配をあげる。プラチナは冷たい感じなのに、使いこんだ金のやわらかな光沢は、暖かい感じを与えるからである。

とこんな具合で、たちまち歩調の乱れた私に気づいたのか、同行していた夫が、一定の金額を示し、この範囲内なら買ってもよろしいと言うではないか。こういうチャンスはそうしばしば訪れるわけではなし、当然のことながら、早速それにとびついた。次の日から二日間続いた、グラン・バザール通いのはじまりである。

こうなるとおかしなもので、取材の時には迷ってばかりいた路《みち》が、あの入り組んだ迷路のようなイスタンブールのグラン・バザールの小路が、はっきりとわかるようになったのだ。迷うどころか、目指す店にちゃんと行き着くのだからおかしい。

しかも、私ときたら、取材よりもよほど真剣だった。なにしろ、示された金額を越えなければ、一つでもいくつ買ってもいいわけだからである。少しぐらい越えたってかまわないとは思ったが、限度をだいぶ下まわるようではしゃくにさわる。それで、路は迷わなくなったが、そちらのほうで迷いに迷ったのである。あれ一つにしようか、それとも、あれとあれと二つ、いや、あれも加えて三つ……。

商談に入る段になって、これがまた真剣勝負なのである。まず、お茶が出る。いわゆる紅茶だが、コップに入っている。それに砂糖をまぜ、フウフウ吹きながら飲み終った後で、英語、イタリア語ミックスの商談がはじまる。イタリア語というよりも、ヴェネツィア方言にずっと近く、ヴェネツィア史を執筆中の私は、その時だけ、歴史物語の取材をしている眼つきになったが、そのあとはすぐ、買いものに熱中する女の眼つきにもどって落ちついた、とは夫の証言であった。

多くの店を入念に〝調査〟した結果、私が腰を降ろした店は、グラン・バザールの目抜き通りからはほど遠い、迷路の奥の店だった。その店は、昔からのデザインの品を売るのを看板にしていたからである。

トプカピ宮殿で見た昔のスルタンの宝飾品を、そのまま複製してあるわけではもちろんない。よほど小型に、宝石もつつましいものを使い、しかし、細工だけは、繊細な華麗さを保っているつくりの品だった。

しかし、首飾りや腕輪はやめることにした。まず、どこにつけていけるのか考えざるをえないほど、華々しすぎたからである。指輪が、ちょうど良い感じがした。オリエントの気分を、それでも充分に伝えてくれる。しかも、形が自然に出来ている。真上から見た場合だけでなく、横から見ても、ちゃんと指に落ちつく。これでもかこれでもかというふうに盛りあがっているのとは、品格からしてちがうのだ。

まったく、老人の細工師が自分で作ったものを売っているだけのこの小さな店にある品は、許されれば全部買いたいくらいだった。ホテルにもどった私は、その夜、大きな銀盆の上に昼間見た指輪も腕輪も首飾りも山と盛り、それを一つ一つ取っては眺めている夢を見た。

翌日は、もう他の店には立ち寄らなかった。老人の店でお茶を二杯飲み終る頃《ころ》、ようやく、私はつらい決断を下したのである。指輪を四つ選んで、卓上の黒ビロードの布の上にのせた。四つも買ってしまったのである。少しは財産になるものを買い与えようと思っていたらしい夫は、あきれて笑い出す始末。彼は、寵妃エメの話は知らないのだ。いや、知っていても、その気持はわからなかったにちがいない。

それにしても安かったので、フィレンツェにもどって、指輪を少し細くしてもらうために行った店で、宝石は本物だろうかと、おそるおそるたずねた。答えが良かったので、ほっとしている。だって、もしも偽物《にせもの》だったりしたら、ハレムの寵妃のまねは無理でも、あまりにも悲しいではないか。ちなみに、四つのうちの一つは、「ハレムの寵妃の指輪」と呼ばれるものである。小粒のサファイアの指輪が三列に並んだ間に、これも小粒のダイヤを並べた指輪が二つはさまれた形だ。

もう一度イスタンブールに、かつてのコンスタンティノープルに行きたい。取材ということで、行こうかしらん。いや、そうすると何か書かねばならない。いっそのこと書くか、『コンスタンティノープルの陥落』でも。

第十三話　ある出版人の話

今回は、私のような売文業にとっては実に重要な存在の、出版業者について書くことにする。ブルクハルトが、その『イタリア・ルネサンスの文化』の中で絶讃《ぜっさん》した男だ。――（ルネサンス時代の）ギリシア研究は、ヴェネツィアのアルド・マヌッツィオの印刷所、最も重要で最も広い範囲の著作家の著作がはじめてギリシア語で印刷されたその印刷所に、無限に大きなおかげをこうむったのだった。アルドは、それに全財産を投じた。アルド・マヌッツィオは、この世にまれにしか存在しない編集者兼出版業者であった――

例によって、ブルクハルト大先生の言は注意して読む必要がある。誤りがあるのではない。全部が全部正しいのだ。ただ、杓子定規《しゃくしじょうぎ》なスイス人であるうえに謹厳な学究肌《がっきゅうはだ》の人でもあったらしいから、俗っぽい半面はとかく無視しがち、と言うよりも関心のうちに入ってこないタイプであったのだろう。歴史は史実を書くべしと言うけれど、所詮《しょせん》、書く側の性格が反映するのは避けられないものなのである。

実際、右にあげた一文を読むだけならば、感心はするけれど凄味《すごみ》は感じない。アルド・マヌッツィオなる出版業者は、文化伝達という高尚《こうしょう》な情熱に駆られて、数々の素晴らしい書物を世に送った人とはいえ、帳簿なるものにはいっさい無知で、全財産を投入した末破産した出版業者、という印象を与えがちである。

ところが、どっこい。アルドは、なかなかにスゴい男なのだ。ベスト・セラーをつくり出したのも彼が最初だし、文庫本をはじめたのも彼だった。しかも、当代きっての知識人エラスムスを校正係としてかかえていたというのだから、なんとも豪気な話ではないか。

グーテンベルグが印刷術を発明したのが、一四五〇年前後のことであるという。アルド・マヌッツィオは、一四四九年というから同じ頃《ころ》、南イタリアの小さな村に生れた。ローマとナポリの間の、というよりもずっとナポリに近い、広場に立って視線を一巡させると村全体が見えてしまう小さな山村である。それでも、村では貴族の家柄《いえがら》だった。

最初の本格的な学業は、ローマでなされた。師として伝えられる人々が当時のラテン語の権威であるところから、アルドはまず、ラテン語をものにすることからはじめたのであろう。しばらくして、北イタリアのフェラーラへ居を移す。ギリシア語学習のためだ。当時のフェラーラには、エステ家の家庭教師でもあった有名なギリシア語の先生がいたからだった。

三十を過ぎる頃になると、アルドもまた家庭教師になる。エステ家ほど有力な君主ではないけれど、学問を愛する家風では知られたピオ家の公子たちの教育係としてであった。家風がそんなものだから、アルドも居心地が良かったのであろう。十年近くも勤めて、ピオ家はアルドに、ピオという姓字を用いることも許す関係だったのだが、この期間に、アルドの心中に出版事業への関心が芽生えはじめたらしい。おそらく、さほど遠くもないヴェネツィアへ出かけては、ベッサリオン枢機卿《すうきけい》の寄贈本をもとに創設された図書館の写本を読むたびに、こういうものを身近かに持てたらどんなに良かろうと思いはじめたのかもしれない。

アルドは、一四九〇年にヴェネツィアへ〝出る〟。四十一歳になっていた。

出版業をはじめようと決めたアルドが、なぜヴェネツィアを選んで、それとほとんど等距離にあったフィレンツェやミラノに行かなかったかということだが、これがまた、彼が情熱に駆られるだけの男でなかったことを示している。ヴェネツィアが、自分の考えている事業をはじめるのに有利な条件を、他のどこよりも持っていると判断したからであろう。

まず、土台がすでにあった。

グーテンベルグの発明から二十年後、ヴェネツィアで最初の書物が出版されていた。キケロの『書簡集』を百部印刷するのに四カ月かかったが、それでも従来の筆写に比べれば、格段に能率的だったのである。そして、最初の石が置かれれば、その後の飛躍は目ざましい。再版の時には、要した期間は同じでも、部数は六百に増えていた。

第二の利点は、ヴェネツィアには言論の自由があったことだ。古典を出版するのに検閲など気にかけることもあるまい、などと言うなかれ。坊主《ぼうず》とは、ケチのつけようもないところにケチをつける才能では群を抜いた存在なのである。ヴェネツィア政府には、法王庁の圧力に屈しない伝統があった。他国では厳禁されていたルターの著作も、ヴェネツィアでは手に入れることができたのである。

第三は、ヴェネツィアでは優秀な職人を集めるのが容易であったことだ。国内の安定と繁栄が、他国からの職人の移住の原因であった。それに、自国の工業化を計る政府も、彼らの権利を守るのに熱心だった。

第四の利点は、販路の広さにある。在庫が増えるのは、五百年前だって困るのには変りはない。ヴェネツィアは、国内の読者層だけならばフィレンツェやローマと変りはなかったろうが、ヴェネツィア商路を利用して国外に売りさばけるという利点では、他を圧していたのである。

また、古典の出版でもし赤字を出しても、海図の印刷という、絶対に確実なすべり止めさえあった。現代のイギリス海軍作製の海図の信用度が高く、海に出る者ならば必ず持っていくというほどだが、当時のヴェネツィア製の海図も、これと同じ評価を得ていたのである。ポルトガルの航海王ヘンリーも、わざわざヴェネツィアに、海図を注文するほどだった。

利点の第五は、ヴェネツィアでは、ギリシア語を得意とする人を求めるのが容易であったことである。一四五三年のコンスタンティノープルの陥落後、ヴェネツィアに亡命してきたギリシア人は多く、その大半は、ベッサリオン枢機卿をはじめとする高位聖職者、つまり知識人であった。彼らがたずさえてきた古代の写本も、ベッサリオンの所蔵本だけをもとにして図書館が創《つく》れるくらいだから、大変な数であったにちがいない。これは、ギリシア・ローマの古典を出版するつもりのアルドにとっては、大きな魅力であったはずだ。

最後の利点だけは、アルド固有と言ってよかった。資本家にめぐり合えたことである。アンドレア・トレザーノはヴェネツィア領のアーゾロの人で、資本提供者というよりも、ニコラ・ジェンセンの版型をゆずり受けたりして、出版業には以前から関心があった。共同経営者と言ったほうが適当かもしれない。ただし、トレザーノは、紙の確保とか職人の給料、それに印刷済みの書物の販売などを担当したので、編集や企画に専念できたアルドにとっては、まことに好都合な共同経営者でもあった。

マークというか商標というか、それも決った。錨《いかり》にいるかが、いるかがたわむれているものだ。錨は正確さを意味し、つまり、誤植がないということだろう。一方のいるかは、知恵とともに速さも示す。もちろん、店頭に並ぶまでの期間が短いということにきまっている。この二つとも満たしてくれる出版社だったら、私だって喜んで書く。

アルド社出版の最初の書物は、一四九四年前後に出た『ギリシア詩集』である。ラテン語の対訳つきの本で、字の大きさといい、行間の置き方といい、字の明確さといい、電車の中でも読めるほどで、五百年前のものとはとうてい思われない。同時期の他の書物と比べてみても、格段に読みやすい。読者に親切なこのアルド式が、短期間の間に受け容《い》れられたのも当然だった。

アルド社の出版物をいちいちあげるのも無駄《むだ》であろう。ギリシア・ローマ関係の重要な書物は、ほとんどもれなく取り上げられている。記念碑的とされるアリストテレス全集の出版が完了したのは一四九八年で、最初の本の出版から、わずかに四年後のことであった。ギリシア語の文法書も出版されたし、古典にかぎらず、ダンテ、ペトラルカから、当時の流行作家であったポリツィアーノやピエトロ・ベンボも、内容にふさわしいページ組みで、著者も満足したにちがいない美しい装幀《そうてい》で出版されたのである。

面白いのは、アルドは、現代でも読書愛好者にははなはだ便利な、〝出版案内《カタログ》〟を印刷して郵送した点でも最初の人だということであった。それには、アルド社出版の書物が列記され、その一つ一つに簡単な解説がつき、これはアルド自らが書いたのだが、それ以上に愉《たの》しいのは、全出版物には値段が明記されていたことだった。宣伝も、重視していたわけである。

しかし、ここまでならばまだ、驚くほどのことでもない。五百年も昔にしてはたいしたものだと感心するだけである。驚かされるのは、彼の徹底した読者サービスであった。自社の出版物の後に、それに関係ある他社の出版書まで列記したのである。このように親切な出版社は、私の知るかぎり現代でも一つもない。これほどのサービスを受ければ、読書愛好家が錨といるかのマークを覚えるのも当然だ。本の売れ行きも上々だった。

自分の本が売れなくてもよいなどと思う著者は、絶対に一人もいない。アルド社の成功と錨といるかの意味するところに無関心でなかった一人が、エラスムスであったと私は信じている。なぜなら、売り込んだのは、他ならぬエラスムスのほうであったのだから。

マキアヴェッリの書簡集を読んでいたら、彼の親友であり、フィレンツェ共和国政府書記局の閣僚でもあるブオナコルシからの、こんな手紙が目についた。外交使節としてイーモラに滞在中のマキアヴェッリが、母国に残るブオナコルシにあてた手紙への返事である。

「……『プルターク英雄伝』はあちこち探してみたけれど、ここフィレンツェでは売っていない。ヴェネツィアに注文するしかないだろうから、しばらく我慢しろよ。それにしてもお前は、めんどうなことを頼んでくる奴《やつ》だよなあ……」

ヴェネツィアは、出版の一大中心地になっていた。一五〇二年に書かれたこの手紙からわずか数年前の一四九五年から九七年にかけて、全ヨーロッパで一八二一点の書物が刊行されている。そのうちの四四七点が、ヴェネツィアで出版された。第二位のパリでも、一八一点しか出版されていない。その後の一時期、イタリアの他の都市は戦いに巻きこまれて、そこでの出版件数は減ったが、ヴェネツィアだけは増える一方だった。ヴェネツィアに集まった一一三の出版業者の刊行する書物の総数は、ミラノ、フィレンツェ、ローマのそれを合計した数の、三・五倍にも達したのである。そして、その中心が、錨といるかのマークであったことは言うまでもない。

アルド社の成功の原因は、いくらでもあげることができる。

徹底した考証によって、古代から伝わる写本の誤りを正し、印刷中に生じる誤植もほとんど皆無であったために、読者の信用を得るのに成功したことが第一だ。錨のマークの意味するところを実証したのである。

そのうえ、三十人もいた〝社員〟の仕事は、それぞれの分担に従ってシステム化されていたので、印刷済みの書物がいたずらにチリをかぶることもなく、能率的に販売路に乗せることができた。出版案内による予約制度が、それに一役買っていたことは言うまでもない。いるかも、海中をスイスイと泳いでいたわけである。

そして、読む人の立場を考慮しての本づくり。今日でも電車の中で読めるというのは、筆写本や、それを印刷しただけのような書物が多かった時代、読者にすればどれほどありがたかったことであろう。

また、ギリシア語を解しない人には、ラテン語による訳まで出した。対訳も多かったから、勉強しようとする人には便利このうえない配慮だったのである。ギリシア語を知らなかったマキアヴェッリも、この恩恵をこうむった一人にちがいない。

とはいえ、勝負の決め手はやはり、出版物の質にあるのが当然である。アルドは、古典ならばなんでもよい、有名人の書いたものならなんでも出す、とは考えていなかった。選んだのである。おかげで、アルド社の出版物ならばという信用が読者にできたし、また、当時の〝作家〟の側にも、アルド社から出したいと思わせるようになる。

アルドは、その選択を、自分一人だけでしたわけではない。彼自身が、当時「ウマニスタ」と呼ばれた知識人であったから、一人でできないことはなかったのだが、顧問というか、ブレーンがいたのである。四人の元老院議員、つまり、政治家、それに医者に歴史家二人と、古典学者や文学者がふくまれていないところが面白い。だが、いずれも、古典の知識に通じているバランスのとれた教養人という意味では、出版業者のアルドと似た男たちであった。

しかし、野心的な企画も良心的な本づくりも、それだけでは読者層を広げるための決定打にはなれない。それをできるのが本の値段にあることを、アルドは察したのだ。〝文庫本〟の登場である。

それまでの書物は、筆写本の伝統で、腕にかかえるほどの大型の本が多かった。美しい細密画で飾られ、革製の、ものによっては銀製の表装まであったから、持ち歩くのも大変だ。読む時も、書見台が必要だった。机の上に広げて読むのでは、眼《め》との距離が同じページの字でもちがってくるので、眼が疲れて仕方がないからである。印刷が普及するようになって、書物の大きさもだんだんと小型になっていたが、まだ、書物というものは大きく立派なものという観念が支配的だった。

それをアルドは、従来の半分、または四分の一の大きさにしたのである。紙を八回折るところから、「八ツ折《オッターヴォ》」と呼ばれた。一枚の紙に、十六ページが印刷できる方式である。ただし、ここでひとつ問題が生じた。それまで使ってきた複雑な「ゴシック」の字体では、小さなページに印刷できる字数が、どうしても限られてくる。と言って、何冊にも増やしたのでは、小型化する理由がない。大型のページに印刷できる字数と同じ字数を、小型のページ内に印刷できないものであろうか。

アルドはここで、今日でもわれわれがそう呼んでいる「イタリック」を発明したのである。ペンで書く字から、ヒントを得たのだった。「ゴシック」よりもよほど簡単で明瞭《めいりょう》な「イタリック」で印刷すると、小さなページにも、ずっと多くの字を、読みやすさを犠牲にしないでも詰めこむことができるようになる。「イタリック」の採用で、書物を小型化し、それによって値段を安くすることも、はじめて可能になったのであった。

この文庫判の企業化によって、アルドは、本の値段を、それまでの八分の一にまで下げることに成功する。市場は、当然のことながら広がった。とくに、学生たちの間で圧倒的な人気を博したという。

こうして、「イタリック」の採用と文庫判の思いつきは、アルド社を、名実ともにヨーロッパ一の出版社にしたのだった。アルドもその効用がわかっていたので、特許を申請し、ヴェネツィア政府も許可したのだが、特許を尊重する気持の薄いのは、今にはじまったことではない。「イタリック」も文庫判も、たちまちヴェネツィア中の、いやイタリア中の出版業者のまねするところとなってしまった。それでも以後百年は、ヴェネツィアで出版する費用はローマのそれの三分の一で済む、と言われる時代が続くのである。

各国の大学や宮廷からの招聘《しょうへい》が引きもきらず、当時のいわば〝有名人〟であったエラスムスがアルドに手紙を出したのは、一五〇七年、アルド出版社が最盛期にあった時期である。エラスムスの意図は、パリの出版社から出していたエウリピデスの翻訳の再出版を、アルドに〝売り込む〟ことにあった。

エラスムスは、その年の暮から翌年の秋まで、パドヴァ大学に留学するスコットランドの王子の監督ということになってパドヴァに去るまでのほぼ一年間、ヴェネツィアに滞在した。この間、エウリピデスの翻訳の他に、これもまたパリで出版されていたものを大幅に増補した、『ラテン格言集』をアルド社から刊行する。このアルド社版『格言集』は、それから百年足らずの間に一三二版も重ねるという、当時としては空前の大ベスト・セラーになった。

これは、出版当初から売れ行きが良かったらしい。その頃の君侯たちの蔵書には必ず見えるから、ベスト・セラーになる条件である、〝読んでいないと人に遅れる〟という感じを与えるたぐいの書物であったのだろう。こういうテーマを考えつくエラスムスもたいしたものだが、それをベスト・セラーにしたアルドも、プロの出版人の草分けとして見事ではないか。そして、このプロの出版業者は、流行作家を自社の校正係として活用するのに、気がねなど少しもしなかったらしい。

エラスムスによれば、アルド社では、自分は自作の校正、つまり筆者校正だけをしていたのだと言う。だが、実際は、筆者校正の合間に、アルド社出版の古典関係の書物のゲラの校正もさせられた。アルド社には、植字や印刷の職人たちの他に、校正係も常時傭《やと》ってあったのである。だが、当代の権威がそばにいるというのに使わないという手はない、とアルドも考えたのであろう。エラスムス自身が書いているように、彼は、耳をほじくる暇もないほど〝酷使〟されたのであった。

〝酷使〟の場所は、快適なホテルの一室などではない。印刷機のまわる音や職人の話し声のワンワンと響く、アルド社の片すみであった。エラスムスによれば、そういうところで仕事する彼に、アルドも、よくこんなうるさい場所でできるものだ、と感心していたという。これだけでもエラスムスには、流行作家の資格が充分であったと私は思うけれど。

校正係となれば、食事時も、アルドや職人たちと一緒だった。食事は質素で、葡萄酒《ぶどうしゅ》はしばしば水で薄められ、胃袋のためよりも頭脳のために良いというべきものだったと、エラスムス大先生は苦情を述べている。ただ、アルドのために弁解しておくと、彼は、写本を集めるためにはどこへでも出かけ、いくらでも出すという人だったのだ。そのために一年間に費《つか》う金額は、ヨーロッパの貴族がエラスムスに与える年金の額よりも、時によっては多かったほどである。

一五一五年、アルド・マヌッツィオは、六十六歳で死んだ。教会に運ばれる遺体の周囲を飾ったのは、花ではなく、彼がその生涯《しょうがい》に出版した数々の書物であった。

第十四話　語学について

私のことを、外国人の間に住み外国のことを書いているのだから、さぞかし語学に堪能《たんのう》であろうと思っている人がいるが、事実はまったくそうではない。自分には本質的に語学の才能が欠けていると信じているので、その方面の達人の話となると、それが小説の中の人物であっても、うらやましくてタメ息がでるくらいなのである。

フレデリック・フォーサイスの最新作『悪魔の選択』を読んでいた時だ。急病で倒れた諜《ちょう》報《ほう》担当官の代りに、アダム・マンローをモスクワへ送りこむと決める場面だが、その理由として、マンローがロシア語を母国語のように話せるというのがあげられる。これには、あまり驚かなかった。イタリア語をまるで母国語でもあるかのように見事に話すイギリス人やロシア人を、幾人か私も知っているからである。ところが、その後に続いた、マンローはしかし、許容される範囲のイギリス風アクセントでロシア語を話すこともできる、という箇所に至ってウナってしまった。外国語を母国語であるかのように話せるのは達人である。だが、作為的に自国語のアクセントで外国語を話せるとなると、これはもう、超達人の芸というしかない。

フォーサイスは、またこんなことも書いている。マンローの語学の才能を最初に発見したのは高校の教師で、教師はこの少年が、「外国語に対する鋭敏で繊細な耳の持主」であるのに気づいたと。これならば、仏・独両国語をたちまちモノにしただけでなく、たった六カ月間の訓練の後にロシア語まで母国語並みに話せるようになったと言われても、読むほうは納得がいく。外国語習得の度合を決めるのは、「耳」つまり天性の素質なのだから。

ところが私には、この「耳」がないのである。十年前に一度会った人も、後ろ姿を見ただけで思い出せるのに、名前や電話番号は、それを聴いただけではすぐ忘れる。書かれたものを見るか、でなければ自分で書きでもしないかぎり忘れてしまう。私も調べの途中でノートを取るが、いざ原稿を書く段になると、確認するためのほかはほとんど見ないのだから、私にとってのノート作成は、視覚を通して自分の頭の中にたたきこむための手段にすぎない。

しかし、語学の「耳」を持たないということは不便なもので、しばしば笑うにも笑えない失敗を犯すことになる。イタリア語で昇進を意味する言葉はプロモッソ（Promosso）だが、それがプロメッソ（Promesso）になると、約束を意味する。oとeを入れ換えるだけで、こうも意味のちがう言葉になってしまうのだ。そこで、鋭敏で繊細な耳を持たない私は、昇進が約束された人と言うつもりのところが、約束が昇進された人になってしまったりする。こういう失敗は、それでも、緊張の度合と反比例して起るのがせめてもの慰めだが。

フォーサイスはああ書くくらいだから、彼自身も語学の達人であるにちがいない。彼の作中人物は誰もかれも、外国語など楽々と話す印象を与えるし、習得する必要に迫られた時も、楽々とそれをこなしている。ところが私のほうは、自分が不得手なものだから、歴史上の人物を調べていても、いったい彼は何語で話を通じさせていたのかというようなことが気になってしかたがない。ヴェネツィアは交易で生きていた国である。しかも、交易の相手は、同じイタリア語を話すフィレンツェ人やミラノ人だけでなく、ドイツ、フランス、イギリス、スペイン、ギリシア、アラブ、トルコ、それにペルシアと広範囲にわたったのだ。ヴェネツィア人が皆、語学の達人であったわけでもあるまい。

だが、このようなことは、権威ある学者はなかなか書いてくれない。まるで彼ら自身も語学の達人で、外国人と意志を通じ合う苦労など苦労とも思えず、それでこういうことには関心を持たないかのようだ。だから、彼らがあっさりと書き流した断片を拾い集めるしかない。

それらによると、海外に出るヴェネツィア商人の多くは、慣れと必要に迫られることで、たいがいのことは切り抜けていたようである。これは、語学に特別な才能を持たない者にとっては、古今東西を通じて唯一《ゆいいつ》の上達法で、現代イタリア語で間抜けなまちがいを犯す私が、五百年前のヴェネツィア方言で書かれた史料を読めるのも、慣れと、必要に迫られてのことにすぎない。

また、ヴェネツィア人は、若い頃《ころ》から外国語に接するという幸運に恵まれていた。十四歳を期として、貴族も平民も変りなく、海外貿易を業とする家に生れた者は、商船警備の石弓手として海外に出て行くのが習わしになっていたからである。十四歳の時に父と伯父に同行して支那《しな》へ向ったマルコ・ポーロは、特殊なケースではまったくない。国政に参加する権利を持っていた貴族でさえも、普通四十歳頃になってから陸《おか》にあがって政治をするので、それまでの二十五年間は、たびたび帰国しはしても、大半は海外で商売に専念していたのである。慣れと必要に迫られた結果とはいえ、上達しないほうがおかしなくらいだ。

そして、十六世紀はじめの元首《ドージェ》アンドレア・グリッティのように、ラテン語、ギリシア語、フランス語に英語、しかもトルコ語まで母国語同様にあやつれたと言われる人物まで現われた。しかし、グリッティは、ほとんどの歴史学者がそう書くくらいだから、アダム・マンロー並みの「耳」の持主であったにちがいない。

やはり私の関心はこういう天才でなく普通人にあるから、話を彼らにもどすが、慣れと必要だけでどうにか切り抜けていたこれらのヴェネツィア商人も、他国のライヴァルたちと比べると、恵まれた情況下で仕事ができたのではないかと思う。十四、十五世紀のヴェネツィアは、ヨーロッパ、北アフリカ、中近東に広がった経済圏の最大の中心地で、ヴェネツィアの街のリアルト橋一帯は、今日のウォール街やロンドンのシティのように、重要で活気に満ちていたのである。ヴェネツィア共和国の通貨ドュカートは、国際通貨として、最高の安定と信用を誇っていた。ほとんど純金でできており、その純度は五百年間変らなかったくらいだから、今日のドルよりも、ずっと安定していたにちがいない。エジプトの商人もパリやロンドンの業者も、商取引を効率良くやろうと思えば、ヴェネツィアの銀行に口座を開くのが一番だった。商人と信用は、切ろうにも切り離せない関係にある。信用を盾に商売できたヴェネツィア商人は、少しぐらい語学が不得手でも、どうにか切り抜けられたのであろう。

だが、それでも私にはまだ気にかかる。はじめての商用旅行の時はどうだったのかしら、新商品開拓の時はどうしたのだろう、と思ってしまうのだ。だから、『簡易会話の手引き』と名づけてもよさそうな辞書を見つけた時は、嬉《うれ》しいよりもほっとした。はじめて、五百年前に生きた彼らが、身近かに感じられたからである。

一五八〇年に刊行されたこの携帯用辞書は、イタリア語、ギリシア語、ドイツ語、トルコ語に分かれていて、商用旅行に最小限必要なことが網羅《もうら》されている。内容から見て、一五八〇年刊行のこの書が、この種のものでは最初に作られたのではなく、同種のものはそれ以前にも何版もあり、言ってみればこれは、改訂版であったということもわかる。隠れたベスト・セラーであったという記録も、嘘《うそ》ではなさそうだ。

まず、商人のために作られたのだから当り前だが、数字が並ぶ。次いで簡単な会話、宿屋での交渉から食事、飲物の注文の仕方まである。アーモンド水をコカコーラに換えたら、今でも通用しそうな感じだ。もちろん、商談用の会話には多くのページがさかれている。この『手引き』は、ヴェネツィア商人だけでなく、西欧ではヴェネツィアの最大の取引先であった、ドイツの商人にも重宝されたにちがいない。為替相場は書かれていない。それはおそらく、各地のヴェネツィア商館へ行けば、ひと眼《め》でわかるようになっていたからであろう。軍事大国ではあっても経済面では低迷を脱しきれなかったトルコの通貨は、低落の度が激しかったから、東地中海域で商売するヴェネツィア商人は、始終眼を光らせていなければならなかったのである。

トルコとちがって経済大国であったヴェネツィアは、それだけに、外交を武器としなければならない場合が多かった。西欧諸国の中で、各国に常駐の大使を置いたのは、ヴェネツィア共和国が最初である。それも、ドイツやフランスに派遣する人選には苦労しなくても、トルコ語を解して、しかも困難な外交を駆使できる者を選ぶのは、ヴェネツィアでもやはりむずかしかったであろう。それで、問題のあまり起らない時期の大使は、通訳つきであった。しかし、情況が一変したり、戦争終結の交渉のような場合の特命全権大使は、絶対にトルコ語を解し、しかもトルコの状態に明るい者を送ったのである。

これら特命全権大使の前歴が、そろいもそろって商人であるのが、いかにも貿易立国ヴェネツィアらしくて面白い。そして、にわか仕立ての大使たちは、本国のヴェネツィアから任地へ向うよりも、駐在地のクレタやシリアからコンスタンティノープルへ直行するケースが多かった。しかし、彼らのほぼ全員が、見事に困難な責務を果している。

ヴェネツィア共和国は、近代外交の創始者とされているが、専門の外交官制度を持たなかった国でもある。この国の最大の武器である外交をになった大使たちも、若い時に〝アンチヨコ〟を片手に海外へ出て行った人々ではなかったかと想像するだけで、外国語に対する天性の素質に恵まれない私などもだいぶ力づけられるのだが。

第十五話　地名人名で苦労すること

ヨーロッパ諸国の言葉で書かれた書物を読んでいて、慣れないうちはとまどうのは、他国の地名や人名を、自分の国の言葉並みの発音に直して書いてあることである。

例えば、プラトンは、イタリア語の書物ではPLATONEとなっているし、それが英語の本だと、PLATOに変る。ユリウス・カエサルも、英語だとジュリアス・シーザーなのに、イタリア語では、ジュリオ・チェーザレとなるからややこしい。イタリア人にとってのロンドンは、あくまでもロンドラだし、パリはパリージである。絶対にミュンヘンとは呼ばず、モナコ・ディ・バヴィエラ（バイエルン地方のモナコ）で押し通す。

会話の時も同じで、同じ地名人名を言いながら、その会話で使われる言語によって、それらの発音も変ってくるのだから大変である。普通のイタリア人に向って、ケルンと言ってみても、絶対に通じない。コローニアと言う必要がある。コローニアとはもともと植民地という意味で、古代ローマ人がその意味で呼んだものが地名になったのを、イタリア人もそのまま受け継いだだけである。ケルンは、それをドイツ語風に発音した結果であろう。当然のことなからイタリア語には、古代ローマ人の言語であったラテン語の影響が、姉妹語のフランス語やスペイン語と比べてもいちじるしい。

外国語を話すだけでも大変なのに、その外国語以外の言葉までアチラ流に発音するのは、慣れないうちはとまどうのは当り前である。どう発音していいかわからない時、私は、原語のまま使うことにしている。

「ホメロス」

と叫ぶと、ああオメーロか、とか、ホーマーのことか、とかわかってくれる人とだけ話しているかぎりは、これでけっこう通用する。そのたびに、われわれ日本人は原語に忠実なのだから、彼らよりは高級なのであると思って、私は鼻高々であったものだ。ところが、どうやらそうとも言えなくなったのである。われわれ日本人が原語の発音に忠実であるのは、西欧のように遠い国のことで、近くの国のこととなると、原語の発音に忠実どころか、まったく日本式に発音して平然としている。

反対に、隣りの国の地名人名を自国語ふうの発音で押し通すヨーロッパ人は、遠い支那《しな》や西域のこととなると、やたらと原語に忠実なのである。これは、私のように日本人でありながら西欧に住んでいる者にとっては、ややこしさは二重になるのだから困る。テレビ・ニュースも、画面をちゃんと見ていないとわからなくなるのだ。

Mao Tse Tung（マオ・ツュートゥン）

Ciu Enlai（チュー・エンライ）
Hua Guofeng（ファー・グォーフェン）
Deng Xiaoping（デン・シャオピン）
Confucio（コンフーチョ）

などと発音されても、日本人である私は、毛沢東、周恩来、華国鋒《かこくほう》、鄧小平《とうしょうへい》、孔子と、漢字が頭の中に思い浮ばないかぎり、誰のことを言っているのか皆目見当がつかない。原語にほんとうに忠実かどうか、私は中国語を解しないからわからないが、イタリアではこう発音したり書いたりするのである。孔子批判花やかなりし頃《ころ》も、コンフーチョって何のことかとわからず、しばらくして、

「なんだ、コーシのことか」

となった次第。これでは私にとっては、現代中国のことをヨーロッパ人と話すのは、古代ギリシアやローマのことを話すよりもややこしくなる。やおら原語で叫ぶ、という手さえ使えないからである。

しかし、このような苦労は、これから述べる苦労に比べれば、たいしたものではない。なぜなら、あくまでも読んだり聴いたりする側の苦労だから、慣れればどうにか切り抜けられる。問題は書く時だ。

私の書いているのは、五世紀の昔にはじまり、それからの約一千三百年間の話だが、舞台となる東地中海世界は、この間の国家や民族の興亡すさまじく、原語第一主義を貫いていては、処理不可能なのだから仕方がない。

例えば、アドリア海の東岸に、ドゥブローニクという町がある。ヴェネツィア共和国の友好国で、中世の町づくりがそのまま今でも残っている美しい町だが、ドゥブローニクとは書けない。イタリア人が呼んだように、ラグーザと書くしかない。ユーゴスラヴィアが建国されたのは第二次世界大戦後で、それまではラグーザと呼ばれてきたからである。

こう決めでもしないかぎり、ビザンチン帝国、ヴェネツィア、トルコ領と代り、現在はユーゴスラヴィア、アルバニア、ギリシア領に分れている地方は、どうにも処理できなくなる。それで、現ドュレスはドゥラッツォ、ケルキアはコルフ、ザキントスの島もチェファロニアと、ヴェネツィア共和国が健在であった時代に呼ばれた地名、つまりイタリア語風の呼び方で統一するしかなかった。レパントの海戦で有名なレパントも、今日ではこの名で呼ばれる地は存在しない。ギリシア名でナフパクトスと呼ばれているけれど、これはもう、いかに治世期間が長かろうとトルコ語は使わず、レパントで通すことにした。

しかし、現在使われている地名をそのまま使った場合も多い。ヴェネツィア領であった時代が、その後のトルコ領、そして今世紀に入ってのギリシア領の時代よりも長かったクレタ島を、私は、ヴェネツィア人が呼んでいたように、カンディアとは書かなかった。ナクソス、ミノス、アンドロス等のエーゲ海の島々も同じで、それは日本人に、ギリシア名であるほうが通りが良いと判断したからである。ロードス島もキプロス島も、イタリア風に、ローディ、チプロ、とは書いていない。とはいえ、クレタ島最大の町のイラクリオンだが、十七世紀に起ったヴェネツィア、トルコ攻防戦を書くのに、まさかイラクリオンとは書けない。やはり、当時の呼び名そのままに、カンディアと書くしかないだろう。

ひとつだけ、まったく関係もないのに英語読みにした町がある。コンスタンティノープルだ。現在のイスタンブールのことである。

この都は地中海世界の歴史では実に重要な町で、ここをどう書くかに、私はだいぶ迷ったものである。歴史に忠実を期するならば、ビザンチン帝国の崩壊する一四五三年までは、ギリシア語式にコンスタンティノポリスとしなければならない。一四五三年以後にトルコ領になってからは、スタンブールが正式の名だ。それがイスタンブールに変るのは一九二九年からで、ケマル・アタチュルクの改革によって、トルコが帝国から共和国に変身したからである。ただし、スタンブールはトルコ人だけが使っていた名で、一四五三年以後も西欧では、長い間、ギリシア語のコンスタンティノポリスを各国別に発音して呼んでいた。イタリアでは、だから一九二九年まで、コンスタンティノーポリと呼んでいたのである。

こうなると、十八世紀末のヴェネツィア共和国崩壊までの話を書く私としては、イスタンブールという呼び名は、まずもって使うわけにはいかない。かといって、もはやビザンチン帝国の首都ではないのだから、コンスタンティノポリスと書くのも変だ。また、ヴェネツィア人の呼んでいた名に従ってコンスタンティノーポリとするのも、日本人にはなじみが薄すぎて不適当である。それで、コンスタンティノポリスの各国語読みで最も日本人になじみのある呼び方ということで、遠く無関係な国イギリスで使われるほかは、当時では誰一人呼ばなかったにちがいない英語読みの、コンスタンティノープルで落ちついたのであった。

コンスタンティノープルの場合のようなややこしさに比べれば、時代は変り支配者も変っても、名の変らなかったベイルートやカイロ、アレキサンドリアには、こちらが感謝したいくらいである。正式の名はアラブ式にエシュ・シャムとなっているダマスカスも、黒海沿岸のヴェネツィア最重要商業基地であったターナが、今ではロシア領でターニャローグと呼ぶらしいのも、もうこんなことまではかまってはいられない。ダマスカス、ターナで押し通すことにしている。現在の呼び名があまりにも有名な場合、ヤッファ(現テルアヴィヴ)、とすることはあるけれど。

ただし、人名だけは、われら日本人の〝伝統〟に忠実に、断然原語読みで続けるつもりでいる。いかにシェークスピアが偉大でも、そして日本人にはそのほうが通じやすくても、断固としてユリウス・カエサルと書き続けるであろうし、登場人物にロメオやジュリエッタという名の者がいても、ロミオとかジュリエットとは書かないであろう。

しかし、このように頑固《がんこ》な私も、一度だけ完全に屈服させられたことがある。コロンブス、と書いた時だった。彼はスペイン女王の後援であの有名な航海に出たとはいっても、ジェノヴァ生れのイタリア人である。クリストフォロ・コロンボであるべきなのだ。ところが日本では、新大陸とつなげようと卵を連想しようと、コロンブスという呼び名で定着してしまっている。このラテン語風の呼び方がなぜ日本に定着したかは、どのような経路を通って日本に彼が紹介されたかを調べるしかないが、コロンボがスペインで署名した時はいつも、ドン・クリストバル・コロンと書いていたので、スペイン語を通してではなかったことだけははっきりしている。いずれにしても、イタリア系アメリカ人の刑事コロンボでさえ原語に忠実に呼んでやるのに、あのジェノヴァ人だけはなぜラテン語読みにしなければならないのかとグチりながらも、私は、コロンブスと書くしかなかったのであった。

第十六話　家探し騒動の巻

フィレンツェに住むことになって最初に借りた家は、コスタ・サン・ジョルジョという坂に面した、ボボリ庭園を〝借景〟できる小さなアパートだった。ドナルド・キーン氏の東京での住まいは、古河庭園を借景したマンションとか聴いたが、〝借景〟という少々図々《ずうずう》しい考えは、なにも日本に住み日本を愛する外人だけの専売特許ではないらしく、コスタ・サン・ジョルジョのボボリ庭園側の家は、ほとんどがフィレンツェ在住の外国人で占められていた。坂の一番上には、チャイコフスキーが住んでいたという家もあったが、彼ほど天才でなく有名でないにしても、外国人の住人の多いことでは、この一帯は、おそらくフィレンツェでも一、二であったろう。皆、〝借景〟をもくろんでというわけだ。家主たちもこの事情に通じていたらしく、家具つきの家が多かった。

家具つきというと家具しか置かれていないアパートと思われるかもしれないが、家具のほかにシーツや食器から花びんまでなにもかもそろっているのが普通で、身のまわりの物だけ運びこめばその日から生活できるようになっている。ために家賃もぐんと高く、普通、その国の人間は住まない。しかし、フィレンツェには、ハーヴァードをはじめとして、日本を除いた先進諸国はすべて、領事館のほかに大学や研究所を置いているので、この種のアパートの需要は多い。「アメリカン・エージェンシー」という、外人客専門の周旋屋もちゃんとある。わが家も、ここを通じて見つけたのだった。

西欧式庭園の最初とされるボボリ庭園を借景でき、五十メートルも歩けばポンテ・ヴェッキオに達する都心にあるだけに便利で、一人住まいには三部屋というのも頃合《ころあ》いだったのだが、結婚などする気になった時に困ってしまった。狭すぎるのだ。

アルノ河を越えるだけの引越しで移ってきたパンドルフィーニ通りのこのアパートは、部屋数だけは五部屋と多くなったが、もはやボボリ庭園の借景という妙味は望めない。前と同じに古い建物の最上階にあるだけに、夏でも冷房いらずの涼しさだが、この家を借りることに決めたのは、屋上からの眺《なが》めにイカれたからである。フィレンツェ全市がぐるりと見渡せるだけでなく、都心にあるために、サンタ・マリア・デル・フィオーレの、例のブルネレスキ作の大円屋根が、実にこの位置から眺めるのが一番と思うくらいに迫ってくる。この屋上にデッキ・チェアなど置き、屋上の使用権はわが家だけなので、小さな冷蔵庫なども置き、屋上の一画に物置きがあるので、とまあこんな具合に一杯飲める舞台づくりも可能だと信じたのが、証書に直ちに署名した真の動機であった。

ところが、「文化財保護委員会」から、待ったがかけられたのである。わが家の位置する区域は、イタリア語でいうと「チェントロ・ストーリコ」、つまり歴史的に重要な旧市街というわけで、当然のことながら観光客が多い。観光客というものは、なにか高いところがあるとすぐ登りたがるもので、ジョットー作の鐘楼やブルネレスキの円屋根などは、いつも黒山の人で埋まっている。そこから見える古びた赤い瓦《かわら》の屋根の波の間に、派手なビーチ・パラソルが見えたりしたら、やはり具合が悪いということなのであろう。こういう理由となれば納得しないわけにもいかなかったので、ビーチ・パラソルの下で一杯という夢だけは、あきらめざるをえなかった。それでも、観光客の視線を害さないですむ夕方から夜にかけては、そこで、西欧で最初に作られた簡素でしかも優美な円屋根を肴《さかな》に、盛大にバーベキューを愉《たの》しむことだけは続けている。今までのところ、「文化財保護委員会」から文句はきていない。

しかし、これが、私と「文化財保護委員会」との、長い〝闘争〟のはじまりでもあった。

この家を出る気になったのは、ただ単に手狭になったからにすぎない。独身生活の長かった私は、結婚とは一プラス一が二であると単純に思いこんでいたが、実際はまったくそうではなかった。結婚してみると、実にくだらない物が増えていくのである。私の物と彼の物を一緒にしても五部屋ぐらいで充分であろうという私の目算は、完全にはずれた。そのうえ、子供に猫《ねこ》という予想もしなかった存在が加わったから、手狭もいいところである。今度は、借家でなく、買おうということになった。もちろん、ベスト・セラーとは縁のない私に、いかに日本と比べれば安いとはいっても、家など買える余裕があるわけがない。わが亭主殿が、シチリアにある土地を少し整理するかというから、資金のメドもついたのである。これで私が、日本人の好きな新建築のマンションを買うので満足するのであったら、問題は起きなかったのであった。

不幸にして、私は、イタリア中世の物語を書いている。その取材のために、今までに数限りなく、中世、ルネサンス時代に作られた建物を見てきた。それが尾を引いて、フィレンツェに住んでいるのになにも新建築に住むことはない、という気になってしまったのである。更に不幸にも、わが亭主殿も私と同意見であった。

部屋数も、十ぐらいは必要であるという点でも一致した。なぜなら、まず普通の家族とちがって、亭主も女房も、それぞれの書斎を持たねば具合の悪い職業についている。そのうえ亭主用に更に、患者の待合室が加わる。これに子供部屋に夫婦の寝室に、サロン、食堂ときて、もう七部屋がつぶれる。また、衣装戸棚《とだな》を置いたりアイロン台も置ける、いわゆる着がえ室に、お客を泊められる部屋と物置と数えてくると、十部屋は少しも多すぎはしない。西欧の家は、わが日本の家とはちがうのである。蒲団《ふとん》をたためばそこで食事もでき、お客も招《よ》べるサロンにもなり、書斎として使おうと思えば使えないこともなく、また夜がくれば寝室に早がわりできるという日本式の便利さは、こちらの家では望めない。私のように、仕事をしない午後には、ベッドに寝ころんで日本からとどけられる雑誌を読む、というふうに活用するのは例外で、寝室はあくまでも寝るためだけに存在するのである。食堂だって、台所で食事などしたらまず出入りのお手つだいに軽蔑《けいべつ》され、軽蔑などされたら絶対に彼女たちはよく働かないから、やむをえず、主人と使用人の食事する場所は区別せざるをえないので、別にもうける必要があるのだ。まったく、西欧風とは、意外と不便なものなのである。機能別に厳密に分けられている西欧式を、もし私が日本に住むのであったら、絶対に踏襲しないであろう。

さて、かくなる条件のもとに見つけはじめた家だが、それが意外と気に入る家に出くわさない。もちろん、取材の時とはちがって、天井の絵に感心していただけではすまないのだから当り前だが、いずれも一長一短あって、もうこんなことなら新建築で我慢するかと思っていた矢先、私を興奮させる家に出くわした。

興奮するのも理由がある。フィレンツェ近くの丘にあるその家は、かつてのストロッツィ家の別邸で、ジュリアーノ・サンガッロ作の家だったのだから。床は、四百年もの間油をしみこませて磨《みが》きあげた赤煉瓦《あかれんが》、天井は、ヴォルトと呼ぶ円蓋《えんがい》の重ね合わせたものか、でなければカッソーネという、太い木を張り渡したものだ。暖炉も、ロココ風の可愛《かわい》い大理石などではなく、人一人立てるほど大きい、石造のルネサンス式である。それが、三つもある。もうもう、私は興奮しましたね、まったく。部屋の大きさも、八メートル×十二メートルというのが二つもある。一つは、私の書斎、私は閉所恐怖症でもあるのだ、もう一つは、サロンと食堂にする、と決めてしまった。

ところが、予想もしないところでケチがついたのである。われわれの持っていった見取図を、こういう家になると、手を入れる前に「文化財保護委員会」の許可を求めねばならないからだが、一部屋を犠牲にして浴室二つに改造するのがいけないというのである。中世では湯浴《ゆあ》みは浴槽《よくそう》を部屋に持ちこんでするので、他の用を足す場所は実に貧弱なのが普通だが、それでは現代では困るので、西欧風の浴室を必要としたからであった。こうケチをつけられて改めて感じたのだが、ローマの家は概して浴室が広くて明るくできている。それが、同じイタリアなのにフィレンツェへくると、小さく暗いのに誰も文句をいわない。これは、湯浴みを重視した古代ローマ人と、反対にめったに洗わなかったらしいルネサンス人とのちがいが、今でも残っていると思うしかない。

毎日風呂《ふろ》に入りたいと思う日本人の私は、とくに、浴室の窓から庭の緑など眺められればと願う私を、フィレンツェの「文化財保護委員会」は未《いま》だに理解してくれない。その後でも見た、あの時ほど気に入ったわけではないがまあまあ満足できると思った家の時も、問題はいつも浴室であった。

結婚などしたりすると、どうも現実的になっていけない。以前のように〝借景〟だけで満足していた時代を、ある種のなつかしさでもって思い出す。思い出しながら、未だに満足する家を持つことができないでいる。まったく、浴室ひとつのことで……。

第十七話　暦をめくれば……

暦や年鑑をくるという言い方が、イタリアでは、空想にふける、という意味で使われることがある。実際、漫然と暦をめくっていると、事務的な記述の行間から、コントにでも作れそうな情景が浮びでてくるようだ。これから書くのは、『ヴェネツィア年鑑』と題してもよさそうな、一冊の書物からの抜萃《ばっすい》である。コントに作るのは、読者にまかせたい。

一六四二年一月三十日

法王ウルバノ八世の教書によって、タバッコ（煙草《たばこ》）吸飲者は破門と決定。

ヴェネツィアでは、すでにこの世紀のはじめから煙草が流行していたが、はじめの頃《ころ》は薬屋でしか買えなかった。それが、煙草販売は商売になると見た政府が、専売権を一定の個人に貸し与え、毎年収益の何割かを国庫に収めさせる方式を採用したのである。国家が自ら専売公社を作って経営にのりだしたのでないところが、いかにもヴェネツィア的だ。国営企業の収益率の低いことを、充分に知っての方式である。まったく、あらゆる企業を国営にしてしまってアップアップしている、現代のイタリアの政治家たちに聴かせてやりたい。

このように国庫のためにもなり、またたいして害になるわけでもない煙草を、反動宗教改革の生《き》まじめな運動に同調して廃止するわけがない。タバッコは、日本でもタバコと呼ばれるくらい、しぶとく生きぬいたのである。そして、コーヒーも……。

一七八六年二月二十六日

聖《サン》マルコ広場にある「カフェ・フロリアン」の主人ヴァレンティーノ・フロリアンは、政府に対し、先に議決されたカフェへの女の出入り禁止の条令の廃棄を申し入れた。その理由として、

「わたしの店の客たちは、人格的に優れ、礼儀をわきまえた殿方ばかりで、同伴の婦人方が入れないとなると、カフェへ立ち寄ることさえ遠慮する方々ばかりです」

条令は、元老院の議決で多数を得て廃棄された。

一五二九年四月一日

建築家ヤコポ・サンソヴィーノは、この日、ヴェネツィア政府によって、聖《サン》マルコ寺院修復の総監督に任命された。年収八十ドュカート金貨（これも間もなく二百に値上げされる）と屋敷を提供されてである。他の仕事をする場合の報酬は別だ。

ここまでだと、ヴェネツィアは芸術家を好遇したという証拠だけだが……。

一五四五年十二月十八日

夜半すぎ、完成したばかりの聖マルコ広場わきの図書館が崩壊するという事件が起こった。

夜とて、死者も負傷者もでなかったが、完成直後の建物の崩壊の責任は設計者にあるとされ、設計者サンソヴィーノは逮捕され、牢《ろう》に入れられてしまった。

早速、友人のティツィアーノやアレティーノが釈放運動をはじめるが、政府は首をたてに振らない。ついにティツィアーノの懇願で、時の神聖ローマ帝国皇帝でスペイン王のカルロス五世が政府に親書を送って、ようやく釈放が認められた。ただし、ヴェネツィア政府は条件をつけた。崩壊した図書館を、設計を変えてもう一度建て直すこと。しかも、建て直す費用は、サンソヴィーノの自費でまかなうこと。

芸術家けっこう、報酬も充分にしよう、しかし、責任は果してもらいましょう、というわけである。商人の国ヴェネツィアらしくて、私は好きだ。さて、ティツィアーノだが……。

一五七六年八月二十七日

ペストによって、ティツィアーノ・ヴェチェリオ死す。享年《きようねん》、九十九歳。

長生きするのは、男の徳である。そして、質が落ちなければ、多作も芸術家の徳である。ヨーロッパ各地の美術館でティツィアーノの絵に出合うたびに、私はそう感じる。では、もう一つティツィアーノ……。

一五六六年六月十八日

ピェーヴェ・ディ・カドーラ村は、村の聖母マリア教会を飾るために、ティツィアーノに絵を依頼する。ちなみに、ティツィアーノはこの村の出身だ。報酬は二百ドュカート金貨。

ただし、木材で払うのが条件である。この辺りの木材は有名で、ヴェネツィアの造船業界にとっては、大切な資源提供地であった。しばらくして、五十台の車に積まれた木材が村を出発する。支払いの第一回分であった。

これには私は、いろいろなことで感心させられた。まず、故郷からの頼みだからといって、無料奉仕をしなかったティツィアーノの偉さ。彼はプロなのである。プロには支払うべきである。その次に感心したのは、報酬の額である。たった一枚の絵なのに、サンソヴィーノの一年分の収入、エラスムスの一年分の年金と同額取っている。さすが、大ティツィアーノだ。

しかし、ミケランジェロも相当なものである。現在ヴァティカンに所蔵されている「ピエタ」を制作した時、百五十ドュカートを要求した。依頼主は、高すぎると言う。なにしろ、当時のミケランジェロはまだ、二十四歳の若造だった。だが、この若造は、平然と答えた。

「得をするのは、あなたです」

まったく、ほれぼれさせられる。原稿料はこれこれです、と言って依頼する編集者に、「キミ、ボクをカネのために書く作家と思っているのかね」と憤慨するどこかの国の芸術家とはできがちがうのだ。ルネサンス文化は、このミケランジェロのような気概があってこそ、あの華麗な花を咲かせられたのである。芸術家と思うことだけに寄りかかっている人々には、水栽培の花ぐらいしか咲かせられない。

とはいえ、ティツィアーノは、大量の木材をどう処理したのであろう。彼のことだから、造船業者と契約して、そちらのほうから金貨を送らせていたのにちがいない。ついでだから、ティツィアーノに関する〝ニュース〟をもう一つ――

一五六三年五月九日

その日、ヴェネツィアでは、ズッカート兄弟に対する裁判がはじまっていた。この兄弟は聖《サン》マルコ寺院のモザイク職人で、彼らが訴えられた理由は、欲しい色のモザイクが手に入らなかった時に、それに近い色のモザイクを使い、その上に絵具で色つけしたというものである。判事側は、当時のプロたちに実地調査を依頼し、その結果を答申させることにした。答申委員会のメンバーは、次のとおりである。ティツィアーノ・ヴェチェリオ、ヤコポ・ティントレット、パオロ・ヴェロネーゼ、ヤコポ・サンソヴィーノ。

これらヴェネツィア派の天才たちが一堂に集まり、薄暗い教会の中で顔を寄せて調査していたのかと思うだけで、私などはゾクゾクする。ミケランジェロのダヴィデ像を、シニョリーア広場に置くか、それとも屋内に置いて、コピーを広場に置くかということの討議をまかされたのは、ミケランジェロ、ボッティチェッリ、レオナルド等がメンバーの委員会であった。こちらは、フィレンツェでの話だが。

さて、ヴェネツィアの委員会の出した答申は、被告に有利なものであった。一はけの絵具を塗った程度だから、モザイクの価値に影響はないということである。しかし、商人から成り立っていたヴェネツィアの判事たちは、大芸術家たちの意見をしりぞけた。ズッカート兄弟は、モザイクを入れ換えるよう命ぜられたのである。適当な色のモザイクがなければ、それが製造されるよう努力すべきで、絵具をちょっと塗ってごまかすのは、いけないというわけである。そして、四百年後の今日も変らない聖《サン》マルコ寺院のモザイクの美しさは、判事たちの判断が正しかったことを証明している。

著述業はどうかというと――

一四八六年九月一日

ヴェネツィア元老院は、歴史家マルコ・サベリコに、脱稿したばかりの彼の著作『ヴェネツィア史』を、サベリコが指定する出版社から出版することと、それ以外の出版社が、著者の許可を得ないで出版した場合は、五百ドゥカートの罰金に処すことを法で決める。著作権を認めた、最初のケースというわけである。しかし、作家は、画家や彫刻家や建築家とちがって、いかに有名になっても、なかなかそれだけでは食べていけなかったようである。出版部数が、やはり少なかったからであろう。アルド・マヌッツィオの話を書いた時に、エラスムスにどれだけ印税を支払っていたのかが知りたく、あちこち調べてみたが、ついにわからずじまいだった。超ベスト・セラー作家のエラスムスならば、本を出すだけで生活できたはずだが、それでも彼は、王子の教育係などのアルバイトをしている。他の作家に至っては言わずもがなで、枢機卿《すうきけい》とか官僚とか大学教授とかの職を持っているのが普通であった。自費出版にしなくてもすむだけで、満足しなければならないのが、大半の著述業者の現実だったらしい。

劇作家の場合は、どうであったろう。マキアヴェッリのドラマは、ヴェネツィアでも上演されて評判も良かったのだが、それを喜ぶ言葉はあっても、上演料なるものは、どこを探しても記されていない。タダということであったのだろうか。

ちなみに、サベリコは、『ヴェネツィア史』の著述中、国から年金を受けていた。その後のサヌードも同じである。金額は百五十ドュカート。ティツィアーノに、遠く及ばない。

第十八話　聖地巡礼

執筆中の『海の都の物語』の中の一編に、十五世紀末にヴェネツィアで企画されていた、聖地巡礼観光ルックと名づけてもよさそうな観光事業を書こうと、そのための調べをしていた時のことである。ものには順序があります、というわけで、古代から調べはじめてしまった。なに、これは言いわけで、結局私は好奇心が強いのである。

だが、中世も面白いが古代もなかなかに愉《たの》しい。巡礼と観光が、渾然《こんぜん》一体になってはいけないのになってしまうところなど、陽《ひ》の下に新しきものなし、と言いきった古代ローマ人の言葉を思い出させる。

古代、イエルサレムを中心とする聖地巡礼が盛んになるのは、やはり、キリスト教の公認がきっかけになる。西暦三一三年にキリスト教徒の迫害が禁ぜられ、三二六年以後、コンスタンティヌス皇帝のイエルサレムに寄せる関心が高まった結果、西暦七〇年のティトゥスによる破壊、一三五年のハドリアヌス帝による新都建設によって、半ば瓦礫《がれき》の下に埋まり、半ば新都アエリア・カピトリーナの下に消えていたイエルサレムも、二百五十年ぶりにかつての姿をあらわしつつあった。イエスが十字架にかけられたゴルゴタの丘や、アリマタヤのヨセフがイエスの遺体を葬《ほうむ》った洞穴《ほらあな》などが見つかり、それらは早速、聖地として整備される。イエスが復活した姿をマグダラのマリアに示した場所には、教会も建てられた。その同じ頃《ころ》、コンスタンティヌス帝の母ヘレナが、イエルサレムを訪れる。彼女の巡礼が有名になるのは、イエスがかけられたという十字架を発見したからである。

ここで、そういう場所やものは本物なのかねえ、などと疑わないでほしい。書く私のほうもだいぶ首をかしげているのだが、ここで疑っていては話が進まなくなるのだ。すべて、信ずる者は幸いなり、という線でいかないと、聖地観光、いや失礼、聖地巡礼のためには苦労をものともしなかった、古代のキリスト教徒の気持が理解できないからである。

さて、話をもとにもどすと、こんな具合で次々と聖地が陽の下に姿をあらわすようになると、巡礼もやりやすくなる。瓦礫の上に立って想像するのと、本物であろうがでっちあげであろうが、実際に眼《め》で見られ手でふれられるのとでは大変なちがいだ。それから五年も経《た》たないうちに、当時のキリスト教界の重鎮カエサリアのエウセヴィウスをはじめとする、高位聖職者たちの聖地巡礼が流行《はや》りはじめた。オリエントに住む聖職者ばかりではない。遠く西欧からも、司教たちはイエルサレムを目指して、ろばの背にゆられて旅したのである。

これら高位聖職者のイエルサレム詣《もう》では、もちろん敬虔《けいけん》な宗教心にあふれての行動であったが、ハクをつけるという意味もあった。イエルサレムに巡礼してきたとなれば、信者たちの心を惹《ひ》きつけるのも簡単だったし、その頃できはじめていたキリスト教界のヒエラルキーの中で、出世街道を歩むにも便利だからであった。

しかし、インテリの間でもてはやされている限り大流行にはならないこと、聖地巡礼も、今日の本の売れ行きと同じである。女の心をつかむのに成功しないかぎり、ただの理性的現象で終ってしまうからである。聖地巡礼の先鞭《せんべん》をつけたのは、コンスタンティヌス皇帝の母ヘレナであったが、これを歴史的現象にまで押しあげたのも同じ女、ローマの富裕な階級に属す女たちであった。ローマの貴族のサロンで、誰それがイエルサレムに行ってきたとか、誰それはこれから発《た》つとかいうことが話題になるようになると、流行も定着する。はじめのうちは馬鹿《ばか》にしていた男たちも、その頃になるとあわてはじめ、当時の綜合《そうごう》雑誌に、聖地巡礼における社会学的考察、とかいう論文を書いたとか書かなかったとか……。

まあ、これは冗談にしても、帝国末期の流行は、かつての男たちのアテネ詣でに代って、女たちのイエルサレム詣でが圧倒したのであった。まだ、古代ローマの街道、地中海世界全域に網の目のように張りめぐらされたローマ街道が充分に使えた時代であったから、女の旅も、特別な決意を必要とするほどではなかったのである。もちろん、帝国末期ともなれば、かつての「パクス・ロマーナ」は失われ、昔に比べれば治安も悪く、山賊や海賊の危険は無視できなかった。しかし、完全に安全な旅では、ありがたみも少ないというものである。

彼女たちの中で最も有名なのは、ローマの富裕な未亡人パオラであろう。西暦三八五年にローマを発った彼女は、テヴェレ河を下り、オスティアの港から船で地中海を南下する。イタリアとシチリアを分けるメッシーナ海峡を過ぎる時は、彼女とは反対にそこを北上しローマへ向い、ローマで殉教した聖ペテロをしのんだ。パオラの乗った船は、そこから東へ向い、ギリシアのペロポネソス半島の南端を通ってエーゲ海をつき抜け、ロードス島、キプロス島に立ち寄った後、小アジアの重要都市アンティオキアに彼女を降ろした。アンティオキアからイエルサレムまでの旅は、ろばの背にゆられてである。聖地に着いてあちこち見学した彼女は、ベツレヘムに、巡礼者専用の宿泊所兼診療所を建てる。これ以後、個人の寄付で建てられたこの種の施設は数多いが、病院（ホスピタル）の語源となるこれらの施設は、巡礼が、宿泊先を容易に確保できた聖職者や上層階級のものであったのを大衆化したという点で、大きな役割を果したのである。旅路も、船を使う余裕のない者には、ガリア（フランス）から延々と陸路を通り、コンスタンティノープルを経てパレスティーナへ向うという道もあった。七百年後に、第一次十字軍が通ることになる道である。

さて、草木もなびくというふうに聖地へ向った古代の巡礼者たちは、いったいどこに参り、なにをおがんだのであろう。私のような不信の徒にとってまず面白いのが、彼らが、旧約と新約の聖地を少しも差別せず、両方ともありがたがってお参りしたことである。第二に面白いのは、歴史学的に実証されているいわゆる〝本物〟と、反対に、当時でさえ少しは知識のあった人々から、はなはだいかがわしいとされた場所やものの両方を、まったく同じ情熱でもって巡礼したことだ。いや、いかがわしいほうをよりありがたがった、と言ったほうが当っている。もちろん、案内も説明も専門のガイドがした。各地の聖職界直営の、巡礼者のための宿泊所兼診療所は、住と食を提供するだけでなく、〝ガイド〟の斡旋《あっせん》もしたのである。

列記すると、次のようになる。本物といかがわしいものとの区別は、読者自らなされたし。

イエルサレムとその近くでは、まず、イエスが十字架にかけられたゴルゴタの丘。そこに参る信者たちに、ガイドは、イエスの血のしたたりが残っている岩を見せる。ただし、その近くの教会に安置されている、キリストのかかった十字架をおがめるのは、聖金曜日ということで、一週に一度だけであった。

アリマタヤのヨセフが、総督ピラトに願ってもらいうけたイエスの遺体を葬った洞穴も、大切な巡礼地だし、イエスが祈ったオリーヴの山やゲッセマネの畑地にも、信者は殺到する。ゲッセマネでは、イエスを裏切ったユダが、主イエスに接吻《せっぷん》したという場所も示される。

市内では、捕えられたイエスがまず連行された、大司祭カヤファの家。それから、もちろん、総督ピラトの屋敷。ピラトの屋敷では、鞭《むち》打たれるイエスが繋《つな》がれた柱を見学し、それにはていねいにも鞭の跡まで残っているのだが、次いで、イエスがかぶせられたいばらの冠についていたいばらを三、四本見せられる。総督ピラトが手を洗ったという水も、どういうわけか何百年経ってもそこにあるのに、誰も不思議に思わない。

もちろん、最後の晩餐《ばんさん》の行われた家も欠くわけにはいかない。そこには、親切にも、昨夜イエスと弟子たちが食事したのではないかと思うくらい当時の情況が再現されていて、長い木製のテーブルを十四の椅子《いす》が囲み、テーブルの上には、パンのかたまりとコップまで並んでいる。他に、キリストがイエルサレム入城の折りに、人々が手にして迎えたしゅろの葉も、ちゃんと見学できるようになっている。

ベツレヘムへ行けば、巡礼たちは、受胎告知の家に参ることもできるし、イエスの生れた洞穴は、最重要の聖地だ。ナザレでは、子供のイエスが勉強した机や、〝アルファベット〟を習うのに用いた石板の前で、ガイドは一段と声を張りあげる。

旧約関係では、ソロモンの宮殿、涙の壁、ダヴィデがゴリアテを殺した場所と、今日ではユダヤ教徒だけがお参りする場所にも、古代のキリスト教徒は寛大であった。アブラハムがイサクを犠牲にしようとした場所を見た後に、洗礼者聖ヨハネがイエスに洗礼をほどこしたヨルダン河に巡礼したし、ジェリコの近くのソドムとゴモラの町の跡には、またまた親切にも、未《いま》だになにやら怪しい香りの煙が漂っていて、巡礼たちが昔の罪を思い出し心をひきしめるのに、おおいに貢献したものである。そして、シナイ半島に入ると、もはや旧約の聖地のオン・パレードだ。ガイドに引率された巡礼たちは、エジプトからモーゼに率いられて契約の地に集団移住中のユダヤ人たちが、黄金の牛をおがんだという場所から、モーゼが十戒の石板を見いだした岩、マンナが降ってきた場所などを次々と見学した後、モーゼが紅海の水をせき止めてユダヤ人たちを通した時に使った杖《つえ》と同じ木から生えたという、小枝をおみやげにもらって、満足して帰途につくのであった。

落書。これも、古代の巡礼者は、中世の、そして現代の観光客となんら変りはない。聖地巡礼の旅行日記をつけていた人々の一人、イタリア人のアントニオは、カナの饗宴《きようえん》の場所を見学した時に、そのテーブルの上に、聖地巡礼を望んで果さなかった両親の名を刻んだと告白している。最後の晩餐のイエスの坐《すわ》った場所となると、ギリシア語ラテン語をはじめとする各国語の落書で埋まってしまい、聖地を管理する側としては、しばしば新しいのに換えざるをえなかったといわれる。落書だけではなかったのだ。小刀でちょっぴり木片を切りとる、不謹慎な者が多かったからである。

しかし、巡礼者であろうと観光客であろうと、記念の品を欲しがること、これまた陽の下に新しきものなし、なのであるからしかたがない。ヨルダン河の水ならば、いくら汲《く》んでも大丈夫であったろうが、キリストのかけられたという聖十字架の木片を欲しがる巡礼が後を絶たないのには、管理者側としても困り果てたらしい。聖金曜日には、聖十字架のまつられてある教会が開かれ、信者たちは、それに接吻することが許されている。その接吻する時に、歯でかじり取ろうとするのだ。これに閉口した当局側は、聖十字架に接吻するために行列している巡礼たちのそばに、何人かの監視のための僧を常に配置するという対策を立てざるをえなかった。ねずみがかじったように、あちこちに歯型のついた聖十字架では、どうにもさまにならないというものである。

キリスト昇天の地ということになっているオリーヴ山は、頂上の辺りは、すでにコンスタンティヌス帝の時代に舗装されていたということだが、一カ所だけ、かつてのままに、草のはえた土地が残されていた。そこの土を、巡礼たちが競って持っていってしまうのである。それで、しばしば土を補充する必要があったということだ。

ローマの北十六キロのファルフェの修道院は、八世紀に建てられて現在に至っている。そこの一室は、巡礼たちの持ち帰ったスーベニールでいっぱいだ。小さな袋に入れられ、ちゃんと名札までついている。ゴルゴタの丘の岩、オリーヴ山の土、最後の晩餐のテーブルの木片、聖墓の石ときた後に天国の木の根というのがあるのには、彼らのファンタジアの素晴らしさに驚嘆するしかなかった。

しかし、布製の小袋では、液体を入れて持ち帰るのに不便である。それも、古代の観光業者は忘れていなかったらしく、テラコッタ製の小壺《こつぼ》が売られていた。その表面には十字架が刻まれ、書きこみができるように、そのための四角な箇所をつけるのも忘れていない。裕福な巡礼者のためには、ガラスの小びんや銀製の小壺も、イエルサレムで手に入るようになっていた。銀の小壺には、すでに聖書の中の主要な場面が彫刻されていて、巡礼者はその場面に応じた場所の土なり水なりを入れれば、それで立派にスーベニールになるようにできていた。受胎告知、生誕、洗礼、十字架にかかる場面はもちろんのこと、復活、昇天から水の上を歩くキリストまでバラエティに富んでいる。水の上を歩くキリストというのは、どう処理したのであろう。ガリラヤの海の水でも入れたのであろうか。大きさは、小さいもので十センチ、大きな銀製の壺になると、十七センチもあった。

スーベニールとしては、メダルも売られていた。聖地イエルサレムの土で作ったというふれこみのものである。十字架が、表面に彫られてある。

イエルサレム巡礼は、なにもキリスト教徒にかぎったわけではないこと、古代でも同じであった。また、スーベニールを欲しがる気持では、ユダヤ教徒とて変りはない。ユダヤ教徒用には、十字架を例の七本の燭台《しょくだい》に換えれば、立派にそれで通用したのである。だから、スーベニールを売る店には、キリスト教徒もユダヤ教徒も、同じように群がった。これにイスラムも加われば、そしてそれが現代にまで続いていれば、問題は起きなかったのである。いかがわしい行為を排除して、まじめ一方になった時、人類はしばしば血を流す羽目におちいる。十字軍が良い例だ。

しかし、古代と中世初期の聖地巡礼は、ガイドつきとはいっても、やはり個人の旅行であった。それを、グループにまとめて組織的に送りだす方法を考えついたのは、中世末期のヴェネツィア人である。彼らによって、聖地巡礼は、完全な営利事業に換わる。それが、十字軍と、プロテスタンティズムや反動宗教改革の運動の谷間に生れたのが興味深い。私には、十字どんなにいかがわしいものでも無邪気に信仰した人々のほうが、高尚《こうしょう》な精神主義者であるために人を殺しても恥じない者よりも、よほど好ましく映るのである。

第十九話　聖遺物余話

日本滞在中に世話になったある人に贈ろうと、十字架を探していた時のことである。立ち寄った骨董店《こっとうてん》で、これまでついぞ見たことのない十字架を見せられた。首からさげるように作られたそれは、縦五センチほどの銀製で、一見して手作りとわかるのは、繊細な模様なのに、どこか稚拙《ちせつ》な感じを与えるところだ。骨董商は、十六世紀のものだと言う。私には真偽を確かめる能力はないが、鎖を通す穴の作りが、あの時代のものに似ていないでもない。

変っているのは、中央の部分である。銀の透かし彫りが、その部分だけ銀板で裏打ちされている。私は、補強のためかと思った。だが、それにしては、裏打ちされている銀板は平らではなく、いくぶんか中央部がふくらみを持っている。私の疑問を察したのか、骨董商は、聖遺物を入れるためのものだった、と言った。

聖遺物を入れる器ならば、これまでに数限りなく見ている。クリスタルに金や銀を使った豪華なものから、象牙《ぞうげ》の透かし彫り、聖者や教会をかたどった、彫刻としても立派な芸術品になっているものは、銅や真鍮《しんちゅう》で作られていて、例外なく金で上塗りされている。これらは、イタリアでは、ヴァティカン美術館まで出かけなくても、ちょっとした教会ならば必ずある、附属の宝物館で見ることができる。ヴェネツィアの聖《サン》マルコ寺院には、いやというほどそれが並んでいた。

だが、これらの器は、それが作られた時代の工芸美術の粋を示していて見事にはちがいないが、あくまでも教会に安置しておくために作られたものである。信者の礼拝の対象であったのだから、今日ならば拝観料さえ払えば簡単に見られるが、中世では、祭日にだけ拝観できるのが普通であった。もちろん、拝観料などは取らなかったであろう。

携帯用の聖遺物器も、見たことがないわけではない。あちこちの民族博物館、これもたいがいの町にあるのだが、そこでいくつか見たことがある。しかし、それらは、十センチはある銀製の小壺だったり、直径七センチほどの円型の水筒風のものであったりして、調べてみたら、聖地巡礼に行った信者が持ち帰るための入れ物であった。常日頃《つねひごろ》、身に付けていられる種のものではない。だから、携帯用としてならば最もその目的にかなっている、十字架形をしたその質素な聖遺物入れが面白かったのである。

誰が持っていたのであろう。中に入っていた聖遺物は、持主が死んだ時に、教会にでも寄贈されたのかもしれない。それとも、長い間に失われてしまったのかもしれない。器が質素なものであるから、どうせ中身も、ひどく重要な遺物ではなかったであろう。ゲッセマネの園の石のかけらであったかもしれないし、聖金曜日に聖墓教会で灯《とも》される、油をしみさせた布切れだったかもしれない。いずれにしても、敬愛する人に関係のあるものを敬う気持は、ごく自然な人間性の表れではなかろうか。

学者たちに言わせれば、この現象は、食人種の風習にまでさかのぼれるのだそうだ。彼らは、自分たちと勇敢に戦った敵の心臓や肝臓や眼《め》を食べる。食べてしまうことによって、敵の勇敢さをわがものにするつもりであったのだろう。それだけでなく、乾燥した首や腕や手などを首から下げ、お守りにする風習もあった。

古代エジプトでも、まさかもう食べたりはしなくなったが、遺体信仰は立派に存在した。有名なのは、オシリス神の十四に分断された遺骨への信仰である。やはり、頭の骨を祭った神殿が、他の骨を祭った神殿よりも格が上であったらしい。

古代ギリシアとなると、ここはもう英雄全盛だ。アテネに祭られていたテセウス、レスボスで信仰を集めていたオルフェウス、スパルタのオレステスという具合で、オリンポスの神々に劣らぬ人気があったと言われる。もちろん、これら英雄たちは、遺体だけでなく、彼らに関係のあるものまで信仰された。アキレスの槍《やり》、メムノンの剣、オルフェウスの竪琴《たてごと》、ピュロス王の盾、例のトロイのヘレナのサンダルとくると、誰だって愉《たの》しい気分になってくる。もしも、女流詩人サフォーや歴史家トゥキディデスの原稿の一枚でも祭った神殿でもあったら、私などは真先にお参りする必要がありそうだ。

こういう視点で見ると、古代ローマはあまり面白くない。オリンポスの神々とともに英雄崇拝までギリシアから輸入したローマだが、現実的なローマ人となると好む英雄まで現実的になるらしく、ローマ建国の祖ロムルスにユリウス・カエサルときた後は、代々の皇帝になってしまう。

それでも、ロムルスやカエサルやアウグストゥスの遺体が分断されて、広大なローマ帝国全土に分配され、それを祭った神殿があちこちにできるというような事態は起きなかった。法を創《つく》った古代ローマ人は、遺物でなく、彫像に参るほうを好んだようである。

仏教圏は、どうであったのだろう。私のようにこの方面に無知な者でも、まず仏舎利が頭に浮んでくる。お釈迦《しゃか》様が死んだ時にその遺灰は八つに分けられ、葬儀に参列した弟子たちに分配されたと言うのが、仏舎利信仰のはじまりなのであろう。仏舎利は日本にまで渡ってきたのだから、八分配どころか、後にはもっと細分されたのにちがいない。

しかし、お釈迦様の着衣の切れはしとか、祇園精舎《ぎおんしょうじゃ》に茂る沙羅双樹《さらそうじゅ》の花まで信仰の対象になったという話は聞かないのだから、キリスト教に見られるような、なにからなにまで信仰してしまうという傾向は、仏教にはなかったようである。これは、劇的な生涯《しょうがい》を送ったイエスと比較して、幸福な一生の後、平穏に死んだ釈迦のちがいからくるのかもしれない。

イスラム教には、聖遺物信仰の伝統はないようである。教祖マホメッドのひげを祭る一派があるそうだが、正統とは認められていない。ユダヤ教にも、この傾向はないような気がする。預言者エレミヤの遺骨を信仰したという話も聞かないし、「涙の壁」と呼ばれる城壁も、石片を切り取る〝不心得者〟がいなかったためか、二千年を越えた現代でも立派に残っている。唯一神《ゆいいっしん》信仰を厳守する民族には、余計なものを奉ずることなど許されないからであろう。

キリスト教における聖遺物信仰は、信仰心を守りきったということで信者のお手本とされた、殉教者の遺体遺物を信仰することからはじまった。迫害時代には殉教者も多かったから、同族中にお手本があれば、それに敬意を捧《ささ》げるにも親近感がともなって信心もしやすくなるというわけで、大衆心理にはより適した情況で生れた傾向であったにちがいない。焼かれた殉教者の遺灰は争って持ち去られ、殺された遺体は、流れる血を吸い取るために、白い布でぴったりとおおわれた。埋葬の時に遺体をつつむ布地は、血のにじんだ布を取り去った後で改めて巻かれたのであった。初期キリスト教時代の教会は、このような情況下ではごく自然な成行きで、共同体毎《ごと》にそれぞれの殉教者の墓の上に建てられたのである。殉教者に関《かか》わりのある遺物も、ともに祭られたことは言うまでもない。

はじめの頃は、カトリックの上層部は、この種の信仰に反対であった。異教の伝統を継承している点と、神とイエスへの信仰に余計なものが混入するのを怖《おそ》れたからである。だが、大衆心理に見事に立脚したこの傾向は、司教たちが良い眼で見なかろうが衰えることはなく、結局は、カトリック教会も認めざるをえなくなった。五世紀には、反対意見は完全に姿を消している。

しかし、もしも一人の聖者の墓の上にその聖者に捧げられた教会が建てられただけならば、聖遺物の分散という現象は起らなかったはずである。ところが、不都合なことに、キリスト教が公認されて以後は、当然のことながら殉教者市場も底をついてくる。かといって信者は増える一方で、それに比例して建てる教会の数も増大の一方だ。聖者の墓の上に祭壇をもうけ、そこで行うミサしか認めないと決めた法王庁としては、困った事態になってしまった。オリエントのキリスト教徒とちがって、古代ローマの伝統によるためか、遺体の分骨を嫌《きら》ったローマ法王庁も、それを守り切ることが不可能になったのである。八世紀を境にして、オリエントでは普通であった聖遺物の分散が、西欧でも一般的になって行く。

これにきっかけを与えたのが、同時期に起った、ローマの城壁の外にあるカタコムベから、城壁内の各教会に殉教者の遺物を移す作業であった。蛮族の横行で、城壁の外まで礼拝に行くのが危険になったからだ。移転は、聖遺物の分散に、墓をあばくという心理的負担を与えないだけに好都合で、この時、以前から聖遺物を欲しがっていたフランスやドイツに、多量に流れたのである。それでも、他よりは断然これらを多く持っていたローマは、イエルサレムと並ぶ聖なる都となり、ローマへの巡礼が盛んになる端緒となった。

聖遺物信仰の第二期は、十字軍をもってはじまる。一二〇四年の第四次十字軍によるコンスタンティノープル征服は、オリエントから西欧への聖遺物の移動の頂点となった。同時に、聖遺物売買が商売として立派に成り立った時代でもある。ずいぶん怪し気なものが、法外な値で取引きされ、人々の信仰を集めていたらしい。

それまでは祭壇の下に埋められていた聖遺物が、豪華な器の中に安置されて、教会の中に祭られるようになったのもこの時期である。ただし、プロテスタントは、聖遺物信仰を禁じた。聖人信仰も禁じたくらいだから、当然の話であるにしても、余計なものも認めてこそ人間的なのだと思うと、少々つまらない気がしないでもない。プロテスタントが支配的になった地方の聖遺物は、見事な工芸美術品の器もともに破壊されたと言う。

ここまで書いて、大変なことに気づいた。十字架を贈ろうと思っている人が、謙虚なクリスチャンであることは知っていたが、カトリックかプロテスタントかはっきりしないのである。やれやれ、宗教が入ると小さな贈物一つするにも慎重でなければならぬ、と改めて痛感させられた。

第二十話　シャイロックの同朋《どうほう》たち

シェークスピアは、『ヴェニスの商人』の中で、シャイロックにこう言わせている。

「シニョール・アントニオ、あなたはリアルトで、一度どころかしばしば、わたしの貯《たくわ》えとその使いようについて侮辱しましたよ。わたしは、耐えました。耐えることは、われわれユダヤ人の象徴ですからね。あなたはわたしを、不信心者、汚れた殺人者と呼び、わたしの外《がい》套《とう》につばを吐いた。ところが今、そのわたしを必要だと言う。けっこうなことですよ、まったく。〝シャイロック、金《かね》が欲しい〟なんて平然とおっしゃる。わたしのひげにつばを吐き、かさぶただらけの犬でも追い払うように、わたしを足蹴《あしげ》にしたんです。それでいて、今、金を貸せと言うんだ。どう、答えればいいんです。犬が金を持っているか、かさぶただらけの畜生が三千ドュカートも貸すことができるか、そういうことも聞いちゃいけないって言うんですかね……」

もちろんシェークスピアは、シャイロックのアントニオにぶつける怒りを、個人的なものとしてではなく、両者に象徴される二つの共同体の対立として描いている。だからこそ現代のわれわれも、肉一ポンドにこだわりすぎたことはまず措《お》くとして、シャイロックの怒りも理解できるような気がするのだ。ヴェネツィアではユダヤ人は、このような非人間的なあつかいにも耐えなければならなかったのだ、復讐《ふくしゅう》の念に燃えるのも、これならば当然ではないか、と思うのである。そのうえ、ゲットーはヴェネツィアで生れたのだという史実が重なると、これはもう、ヴェネツィア人の人種差別のいやらしさが定評になったとしても、仕方がないような気にさせられる。ところが、史実は、ヴェネツィアのユダヤ人は、西欧のどこよりも恵まれた環境を享受《きょうじゅ》していたことを示しているのだから、シェークスピアも罪なことをしたものではないか。

ゲットー、後に西欧のユダヤ人居住区すべてを示す名称になり、それだけではなく、強制収容所のような、強制的な隔離を意味する場合にも使われているこの言葉のはじまりは、ヴェネツィア方言に端を発している。もともとは、堅い結合を意味した。ゲットー内部のことは、彼らの完全な自治にまかされていたし、そこではユダヤ教信仰は誰からも妨害されず、ユダヤ式のパンを焼くパン屋も生活必需品を売る店もととのっていて、日常生活には不足の生じないようにできていた。

ただし、夜間と、いくつかのキリスト教の祭日には、ゲットーの外へ出ることは禁止されていた。とは言っても、それはヴェネツィアのユダヤ人だけが受けていた処置ではない。ヴェネツィア人自身も、アレキサンドリアの商館、倉庫、商談室、アパート、パン屋まで完備していた商館から、夜とイスラム教徒の休息日の金曜は外出できなかったのである。長崎の出島のオランダ商館でも、似たような規則があったのではなかろうか。要は、狂信の徒から守る必要から生れた処置であったにすぎない。

しかし、日本人の中のオランダ人も、アラブ人の中のヴェネツィア人も一見してわかるが、西欧に長く住むユダヤ人は、姿かたちだけから判別するのはむずかしい。それで、二週間以上ヴェネツィアに滞在するユダヤ人は、服の背中の部分に黄色のまるを付けることが義務づけられていた。寒くなって服の上にマントをはおる季節には、印しが隠れるので、その代りに、黄色のふちなし帽かターバンをかぶることになっていた。この規則は、やはり差別につながるから嫌《きら》う者も多く、厳格に守られていたわけではない。医者や、ヴェネツィア人と対等に商いするほどの大商人は公然と無視したが、罰せられたという記録は見あたらない。

トルコの首都コンスタンティノープルでも、同じような規則があったのである。一例をあげるにとどめるとしても、アルメニア人は赤、ギリシア人は黒、ユダヤ人は空色の靴《くつ》をはかねばならなかったし、トルコ帝国領内のキリスト教徒は、家の壁は黒く塗らねばならず、黒い衣服を着けるとも決められていた。そして、イスラム教徒に道で出合ったりすると、馬から降り、通り過ぎるのを待たねばならなかったのである。

ヴェネツィア人は、自国内のユダヤ人を、次の三種に分けて対していたようである。

エブレイ・レヴァンティーニ（オリエントのユダヤ人）

エブレイ・テデスキ（ドイツのユダヤ人）
エブレイ・ポネンティーニ（西欧のユダヤ人）

名称はテデスキではあっても、実際は、ドイツから来たユダヤ人に限らず、イタリアの他の地方から来て住みついたユダヤ人が大きな部分を占めていた。

これらの中で最も恵まれていたのが、レヴァンティーニと呼ばれたユダヤ人である。彼らは昔から、コンスタンティノープルやクレタやギリシアで、ヴェネツィア商人と対等に商いに従事する仲であり、商船団を持たない彼らは、反対にそれを誇るヴェネツィア人の上得意でもあったので、両者の間には問題は起きようがなかった。彼らは、ヴェネツィアでは、今でもユダヤ人の島という意味でジュデッカと呼ばれる島に住み、ヴェネツィア市民権も得ていた。しかも、市民権を持つのだから当然にしても、ヴェネツィアの交易商人が作っていた企業組織にも参加できたのである。資本を出すだけでなく、経営参加もであった。彼らは、その恵まれた環境からすればこれまた当然のことながら、結婚などを通じて、ヴェネツィア社会に浸透していった末消えてしまう。十六世紀のジュデッカの島には、キリスト教徒の住民のほうが多く、残ったのはジュデッカという島の名だけと言ったほうがよいくらいであった。

エブレイ・テデスキと呼ばれたほうのユダヤ人は、言ってみれば新参者であろう。彼らには、ヴェネツィア人と同じ立場で商いに参加することは許されなかった。彼らの多くは、金貸しと古着の商いをもっぱらとしていたようである。高利の利子は、ヴェネツィア政府によって、十五パーセントと決められていた。シャイロックは、テデスキと呼ばれたこのグループに属した、ユダヤ人であったにちがいない。

このグループのユダヤ人は、はじめの頃《ころ》は、ヴェネツィア市内でなく、現代ではヴェネツィアの工場地帯になっている本土のメストレに住まわされていた。ただし、戦いでもはじまった時は、海の中の島であるために安全なヴェネツィアに避難できた。彼らがヴェネツィア市内に住めるようになったのは、一五一六年からである。その数年前に本土をなめつくした戦火に怖《おそ》れをなした彼らは、ヴェネツィア市内に住めるよう政府に歎願《たんがん》した。しかし、ヴェネツィアはもともと狭い。あの狭い土地に、二十万近くもの人間が住んでいるのである。一区画を分与することなど、無理な話だった。それではと、メストレのユダヤ人たちは、自分たちが新しく埋立地を作るから、そこになら住んでもよいか、と願った。共和国政府は、OKを出す。新埋立地に出来た堅い結合の共同体という意味で、西欧ではじめての明確なユダヤ人居住区は、ゲットー・ヌオーヴォ（新ゲットー）と呼ばれた。海に面し運河に囲まれている埋立地だから、高い塀《へい》は必要なかったであろうが、ゲットーと他の地区は、ただ一つの橋によって結ばれるだけであった。それでも、当時の世界の商業の一大中心地であったヴェネツィアに住めることは、金貸しを業とするユダヤ人には有利な条件であったにちがいない。市民権は与えられなかったが、滞在許可は、一定の額の金を払えば、むずかしいことも言わずに更新されるのが普通だった。前述したような現代のわれわれから見れば不愉快な諸規則を守らねばならなかったが、十六世紀のユダヤ人にしてみれば、規則のあるものは、キリスト教徒でもイスラム世界へ行けば甘受しなければならないものであり、その他の規則も、ヴェネツィア以外の土地に住んだとしても、似たようなことを守らされるのが当時の実情だったのである。

少なくとも彼らには、兵役の義務がなかった。戦場で死ぬことを心配する必要だけは、彼らにはなかったのである。そして、ヴェネツィアのユダヤ人は、どんなに反ユダヤ感情の強い時期でも、西欧の他のゲットーが民衆に襲われ焼き打ちされるような時期でも、このような事態を怖れることはなかった。ヴェネツィアでは、民衆によるゲットー襲撃のような事件は、ただの一度も起らなかったのである。

それに、しばらくすると、ゲットーからさほど遠くもない大運河ぞいに、トルコ商館ができる。これも一五七一年のレパントの海戦に勝ったことでいい気になりすぎたヴェネツィア庶民が、その勢いで市内に住むトルコ商人を襲ったりしてはと心配した政府が、トルコ人保護の目的で作ったものだが、商館に住むトルコ人の行動も、ゲットーのユダヤ人と同じような規制を受けていたのである。スペインとともに地中海世界を二分していた、当時のトルコ帝国の臣民にしてこの待遇だ。今日のわれわれが考えるほどには、当時のユダヤ人は、自らの置かれた境遇を不満に思ってはいなかったにちがいない。

ここ数日フランスで起っている、シナゴーグ爆破とそれに続く一連のユダヤ人襲撃のニュースを考えながら、この一文を書いている。二十世紀の末近くなっても、先進国でいまだ起きるこのような事件が、十六世紀のヴェネツィアで、ゲットーを考え出したヴェネツィアで、なぜ起らなかったかを思いながら。

ヴェネツィア共和国の一千年を越える長い歴史の中で、一度も反ユダヤ感情が起らなかったと言えば史実に反する。だが、これも、いかにも合理的な商人の国ヴェネツィアらしく、西欧諸国での反ユダヤ主義のような宗教色の濃いものではなく、純粋に商業上のライヴァルに対する敵愾心《てきがいしん》によるものであった。だから、十六世紀の半ばからはじまったヴェネツィアの反ユダヤ感情は、レヴァンティーニと呼ばれたヴェネツィア市民化したユダヤ人を対象としたものではなく、テデスキと呼ばれた、ゲットーに住むユダヤ人を対象としたものでもなかった。三別した最後の、ポネンティーニの登場に刺激された結果なのである。これには、話を、十五世紀後半にまでさかのぼってはじめねばならない。なぜなら、その当時のユダヤ人は、当時の政治宗教情勢の移り変りに応じて、彼らの活動の場も移動させざるをえなかったからである。

十五世紀後半のスペインは、イザベル、フェルディナンドによるスペイン統一のための戦場であったと同時に、狂信的キリスト教徒による異教徒駆逐のための戦場でもあった。これは二つとも、一四九二年に完成する。アラブ人とともにユダヤ人も、イベリア半島からどこかに逃れねばならなかった。一部は、北アフリカへ去ったアラブ人と行動をともにしたが、大部分はローマに逃れる。ローマはカトリック教の本拠であっても、当時支配的であったルネサンス的気風の中で、法王もユダヤ人に寛容であったからだ。俗的として後世の非難が集中する法王ボルジアは、これらのユダヤの難民が、ローマ市内に住むことを許した。

しかし、スペインに残ったユダヤ人もいた。キリスト教に改宗したので残れたのである。はじめのうちは、彼らは、〝改宗者〟と呼ばれた。だが、狂信的傾向の強いスペインのキリスト教徒は、彼らの改宗は表面的なものでしかないと信じていたので、軽蔑《けいべつ》をこめて、「マラノス」（豚）と呼ぶようになる。ユダヤ人が豚を嫌うのを知っての、呼び名であった。現代でも、ユダヤ人を軽蔑して呼ぶ時、西欧では豚と言う。

しかし、公然と豚と呼ばれるようになっては、居心地も悪くなろうというものである。スペインの「マラノス」たちは、ポルトガルに移住した。ポルトガル王は彼らを、キリスト教徒と同じく遇したので、彼らの中には大商人として成功する者が続出した。この種の代表的な例であるメンデス家は、リスボンやリヨンやアントワープで、当時の国際交易商人たちと対等に商いするほどの力を持つまでになった。

ところが、一五三六年を境にして、ポルトガルも住みづらくなる。スペインで猛威をふるう異端裁判が、ポルトガルにも波及してきたからであった。今回は、ローマへ逃れることもできなかった。ローマでは、咲き誇った色彩豊かなルネサンス時代も、灰色の宗教改革と黒にも例えられる反動宗教改革のはさみ打ちにあって、かつての寛容も、面影《おもかげ》さえなくなっていたからである。「マラノス」たちは、当時の宗教的狂信の外にあった、ヴェネツィアへ逃れることにした。

ヴェネツィアは、彼らを受け容《い》れる。しかし、ヴェネツィア人と同等な立場で商いをすることは許可しなかった。ヴェネツィアは、大国トルコとの戦いを有利に運ぶのに、もはやヴェネツィア一国では無理な情況にあった。スペインの協力を、ぜひとも必要としていたのである。反動宗教改革の震源地スペインの意向に反して、ユダヤ人を公然と保護することは、彼らにはできなかった。それでも、滞在を許された「マラノス」たちは、ヴェネツィアでは、庶民の襲撃を怖れる必要はなかった。ヴェネツィア共和国には、宗教界とは完全に独立した、「法」が存在したからである。

しかし、事件は、ヴェネツィアと同じくアドリア海に面している、港町アンコーナで起った。一五五六年、法王パオロ四世の発した、改宗ユダヤ人逮捕の命によって捕えられたユダヤ人の中で、二十四人が火刑に処されたのである。これは、ヴェネツィアのユダヤ人、とくに新参の「マラノス」たちをふるえあがらせた。ヴェネツィア商人と対等に商いできない不利も考慮して、彼らは、コンスタンティノープルへ移住したのである。とはいえ、一家のうちの一人は、ヴェネツィアへ残しての移住であった。

大帝国トルコの首都コンスタンティノープルで、「マラノス」たちは、たちまち商業の鍵《かぎ》をにぎる。トルコ人はもともと商業民族でないことと、相対的にしても自由な立場が幸いしての結果であった。メンデス家の家長ヨセフ・ナージを先頭にして、彼らコンスタンティノープルのユダヤ人は、強大なトルコの力を背景に、アントワープからパレスティーナに及ぶ大商業圏を、縦横に活躍する国際商人になった。もちろん、ヴェネツィアに残ったヨセフのいとこが、ヴェネツィアでの商いを担当する。こうなると、同じく国際商人であったヴェネツィア人と、いたるところで利害がぶつかることになった。

さらに、ヨセフ・ナージの反ヴェネツィア的政治活動も、ヴェネツィア人の感情をさかなでする。長くヴェネツィアの植民地であり、つい先頃トルコに奪われたナクソス島をスルタンから与えられたヨセフは、ナクソス公を名のったりしたから、ヴェネツィア人も気持が良いはずはない。また、一五七〇年のキプロス攻防戦も、それをトルコのスルタンに勧めたのがヨセフ・ナージと判明しては、キプロスを失った痛手を身にしみて感じているヴェネツィア人に、反ユダヤ感情が起らないほうが不思議だ。そのうえ、ヴェネツィア貿易の花形商品である胡椒《こしょう》を、ヴェネツィア商人がアラブ人と接触する前にユダヤ人が買い取り、それを高値でヴェネツィア商人に転売しようとしたことで、ヴェネツィアの反撥《はんぱつ》を買う事態が重なった。ヴェネツィアでの反ユダヤ感情のピークは、一五七一年のレパントの海戦前夜に起った国営造船所の火事が、トルコと繋《つな》がりのあるユダヤ人の仕わざとの噂《うわさ》が広まった時期であったろう。しかし、この時点でさえ、ヴェネツィアのゲットーは、襲撃や焼き打ちを受けることはなかった。

ヴェネツィアと、ポネンティーニと呼ばれたこれらのユダヤ人との関係が好転したのは、レパントの海戦から六年が経《た》ってからである。もともと宗教上の反感でなく、純粋に経済的な利害の対立から生じた反ユダヤ感情だから、妥協も容易であったのだろう。ヨセフ・ナージが死に、メンデス家の家長はダニエレに代ってから、ユダヤ人のヴェネツィアに対する感情も変っていた。一五七七年、ダニエレは、アドリア海沿岸の港スパーラトの整備工事を、それに要する全費用負担を条件に、ヴェネツィア政府に申し出た。近代的に（当時の標準とはいえ）衣替えしたスパーラトの港は、それまではイストリア、ナレンタ、ラグーザの寄港をスケジュールにしていたヴェネツィア商船を、ヴェネツィア領でないラグーザに寄港しないでもすむようにさせる効果をもたらした。ヴェネツィアにとっては、独立国ではあってもトルコの保護下にあることを利用して、商業的にもライヴァルとなっていたラグーザを、すぐ近くに匹敵できる港を持つことで駆逐できればそれにこしたことはない。ダニエレは、二年後にスパーラトの工事が完成するや、それを〝土産〟に、ヴェネツィア政府に要請した。

エブレイ・テデスキと同じようなゲットーを、ポネンティーニにも許してくれることと、ヴェネツィア人と対等な立場で商いに参加できる許可を乞《こ》うたダニエレに、ヴェネツィア政府は、まず、一年の滞在許可を与えることで応《こた》える。商業参加の是非は、元老院附属の「通商五人委員会」の審議にゆだねることになった。この委員会は、現代日本の通産省に似た活動をしていた機関である。

はじめのうち「通商五人委員会」は、これに否定的であった。この種の〝外資導入〟と〝経営参加〟は、相手が商業技術と資本量では極めつけのユダヤ人であるだけに、リアルト市場を乗っ取られることを心配したからである。また、トルコとの縁を断ったわけでもないこれらのユダヤ人が、いったんヴェネツィアとトルコの間が戦争状態にでも入った場合に、トルコとの関係を利用して、ヴェネツィア商人が排除される市場で活躍できる可能性も、委員会の答申を否定的にした要因であった。

しかし、数年後、委員会はＯＫを出す。これらユダヤ人の資本と経営参加の〝自由化〟によって、ヴェネツィア経済に活力をもたらす可能性のほうが大きいと判断したからであった。テデスキたちのゲットーのすぐ近くに、ポネンティーニらのゲットーがつくられた。以前に埋め立てられた土地に建設されたので、新しくつくられたのにもかかわらず、テデスキたちの「新ゲットー」に対し、ポネンティーニらのゲットーは、「ゲットー・ヴェッキオ」（旧ゲットー）と呼ばれた。ここに住むユダヤ人は、以前にキリスト教に改宗した者でも、彼らが望めばユダヤ教徒にもどることができた。「マラノス」たちの多くは、こうして、再びユダヤ教徒に帰ったのである。市民権は与えられなかったが、滞在許可も十年に延長され、その更新も、「新ゲットー」に住む古参のユダヤ人と同じように簡単だった。かぶる帽子も、黄色から黒に変った。形こそ少しちがうが、黒い帽子はヴェネツィア男の必需品であったから、外観的にはほとんど差別がなくなった。

このように、十六世紀末のヴェネツィアのユダヤ人は、他国の同朋に比べて格段に恵まれた境遇を享受《きようじゆ》していたのである。キリスト教徒は、ゲットーの音楽会に集まり、ユダヤ教徒は、ヴェネツィアの祭りを見物に出かけた。「カジノ」の卓も一緒に囲んだし、教会の後部の席で説教を聴くユダヤ人が追い出されることもなかった。シナゴーグにキリスト教徒が入っても、ユダヤ人は冷たい眼《め》を向けなかったのである。

シェークスピアが『ヴェニスの商人』を書いたのは、一五九六年から九七年にかけてということになっている。それは、ヴェネツィアとユダヤ人が親密な関係にあった時期でもある。シェークスピアは、アイデアを十四世紀のイタリアの小説『一リブレの肉』から得たにしても、そこに書かれているユダヤ人像は、彼が生きた十六世紀末のイギリス人の見たそれではなかったろうか。

反対に実際のヴェネツィアのユダヤ人は、良い環境に恵まれて人口も増加し、限られた土地では上に伸びるしかなく、八階もある建物も珍しくないほどであった。アムステルダムのゲットーが盛んになるまでは、ヴェネツィアのラビの権威が、西欧では最も高かったのである。

ユダヤ人の〝自由化〟は、ヴェネツィア人にも良い効果をもたらした。ユダヤ人の金貸し業者も、ヴェネツィア人の同業者と同じく政府の規制下で、いたずらな高利はむさぼれないようになっていたし、貧乏人が重宝する質屋の利子は、五パーセントに押えられていた。このために、ユダヤ人の質屋は、市民生活に必要な機関に成長していく。ユダヤ人質屋の実績は、ヴェネツィア内だけでなくイタリア中にも認識され、まもなく広まる、「モンテ・デイ・ピエタ」(慈愛質屋)の端緒となった。そして、リアルト近辺が、ユダヤ人の参加によって一段と活況を呈し、関税の増収が国庫を潤《うるお》したのは言うまでもない。

第二十一話 容《よう》貌《ぼう》について

私が読む、アガサ・クリスティの推理小説のイタリア語訳の文庫本には、美人とはお世辞にも言えないが、朗らかな若々しい顔写真が載っているのが常だった。そのたびに、もうずいぶんの年になっているはずだがと、不思議に思ったものである。彼女が死んだ時、『サンデー・タイムズ』の記事だったかに、アガサ・クリスティは四十歳の時に写した、この写真しか使わせなかったと書いているのを読んで、はじめて納得がいった。そして、なかなかうまいやり方だと感心し、私もまねしようと考えたのである。ところが、こちらも四十になった時に写させたものは、この写真に以後の一生をつきまとわれるかと思うと絶望するようなシロモノで、カメラマンが悪いとは言ってみたものの、所詮《しょせん》、被写体に責任の大半があるのは明らかなのである。結局、このアイデアは、私を一時期幸福にしただけで、実を結ばないで終ってしまった。

それにしても、容貌がどうであったかということは、歴史上の人物を相手にする私には、なかなか重要な問題になるのである。もちろん、写真でさえ真実の一面しか写していないと思うほどだから、残っている彫像や肖像画から、その人物を完全に把握《はあく》できるなどとは少しも思っていない。しかし、史料を調べていく段階で、眼前に少しずつ形をあらわしてくる人物に、よりはっきりした輪郭を与えるぐらいの効果はある。

『神の代理人』の第四部で、法王レオーネ十世とマルティン・ルターの対決を書いていた時のことだ。当然のことだが、ルターの著作はすべて読んでいる。だが、それらにあらわれているルターの考えが、はじめて血肉をともなって私に感じられたのは、フィレンツェのウフィツィ画廊にある、ルカ・クラナッハか誰かの描いた、ルターとその妻の肖像画を見てからであった。この小さな、絵葉書ほどの大きさの肖像画を見ながら、こういう醜女《しこめ》を妻にして、一生を身近かに置ける男とはどういう人物であろう、と思ったものである。ルターの妻は、醜いが、悪女の感じはしない。それどころか、模範的な家庭の女に見える。ただ、これが女というものであろうか。この絵を何回か通って眺《なが》めるうちに、あの、ぎくしゃくした、真面《まじ》目《め》かもしれないが、私には必要と思わなければ読む気になれない、人間的なゆとりの少しもない、『キリスト者の自由』を書いた男が、理解できるような気になったものである。書く私の立場が、寝取られ男にさえ守護聖人をつくってやる、ルネサンス風のカトリックに傾いたのも当然だ。

だが、残された像が、その人物を身近かに感じるには、障害を与える例も多い。好例は、ローマ帝国初代皇帝アウグストゥスである。

ローマにはいやというほどあり、その他にも、広大なもと古代ローマ帝国領のあちこちから発掘される数多くのアウグストゥスの彫像が、すべて若い頃《ころ》の彼を模したものであるのに気づいたのは、私一人ではあるまい。キリスト教公認後に、彼の像とて他のローマ皇帝と同じに、すさまじい破壊を受けたのだから、それでもあれほど残っているのは、当時ならば膨大な数であったということである。それらが、みな、どう見たって二十五歳ぐらいにしか見えない頃のものなのだ。

アウグストゥスは、七十六歳で死んでいる。それなのに、五十に見える像はおろか、四十歳ぐらいの壮年の頃を写した彫像でさえ、一つもない。これでは、アガサ・クリスティのほうが、よほどしおらしいではないか。いくらなんでも彼女は、二十歳の時の写真は載せなかった。

どうやら、これは、アウグストゥスのカエサルに対する、競争心のあらわれと見てもよいのではないかと思えてくる。アウグストゥスは、ユリウス・カエサルのはじめた事業を完成させた人物である。カエサルが、五十六歳で、

「ブルータス、おまえもか」

と言って殺された後、伯父を殺したブルータスをアントニウスと協同して倒し、次いで、クレオパトラとともに独立したアントニウスも倒して、ローマ世界を統一し、「パクス・ロマーナ」を完成させたほどの男だから、アウグストゥスも、なかなかの人物であったことは

まちがいない。熱血漢のアントニウスに比べて、若いながらも冷静なアウグストゥスは、シェークスピアの戯曲に活写されている。

しかし、それほどの男であっただけに、なおさら、ユリウス・カエサルの偉大さがわかっていたのではないだろうか。

このカエサルの彫像も、アウグストゥスほどではなくても、皇帝にならなかったにしては多いが、こちらのほうはアウグストゥスの場合と反対に、五十代としか見えないものばかりである。丈高く引きしまった筋肉は、戦場での生活が多かったのを反映して、壮年の男の魅力に満ちている。クレオパトラが愛人になったのも、あながち政治的配慮によるためばかりではなかったろうと思えるほどである。だが、そいだような顔には、しわが幾重にも深くきざまれていて、決して、すべての苦悩からは遠い、そして、見る者に人生のつらさを忘れさせる、若者のそれではない。

カエサルの彫像が晩年の彼を写したものばかりであるのは、おそらく、彼が他を圧して権力を持ったのが、五十代に入ってからであったことによるのだと思う。また、彼の性格からして、ひたいにしわが三本もきざまれている像で後世に残ろうと、そういうことには無関心であったにちがいない。まったく、男の中の男とは彼のような男のことだと、私などは惚《ほ》れこんでいる。それに、時々泡《あわ》を吹いてぶっ倒れるという、普通の人間ならみっともなくてどうしようもない場合でも、白い象牙《ぞうげ》の棒を持たせた奴隷《どれい》を常に身近かに控えさせ、それでさらりと処理したのだというのだから、優雅ではないか。

甥《おい》ではあっても、てんかんの持病は受け継がなかったアウグストゥスは、あらゆる点で、伯父とは反対の性格の持主であった。金《かね》の使いぶり、部下の兵士との関係、女との付き合い方、なにを取っても対照的である。クレオパトラをあのように無下にしりぞけるのは、いかに政治的配慮とはいえ、女から見ると面白くない。カエサルは、据《す》え膳《ぜん》はちゃんと喰《く》いながら、それにおぼれることはなかった男だった。女というものは、男をおぼれさせようとあらゆる手練をつくすくせに、おぼれるタイプの男には興味を持たないものなのである。

このようなアウグストゥスが、カエサルに優れていたものはただ一つ、若さだけであったと、彼自身も思ったのではないだろうか。カエサルが死んだ時、甥で養子であったアウグストゥスは、十九歳であった。そして、ローマ世界の第一人者になった時も、まだ充分に若かった。当時、来《きた》るべき時代の先覚者でもあったカエサルの名声はまだ充分に高く、彼を個人的に知っていた者も、ローマの中だけでなく、軍団の兵士にも、属領の庶民にも多かったであろう。そのカエサルには、晩年の彫像しかない。となれば、アウグストゥスが、若い彫像ばかりをつくらせたのも、わからないでもないというものである。

古代ローマ帝国の皇帝の彫像は、ある意味では、今日の共産主義国でいやというほどお目にかかる、権力者たちの画像と似た働きを持っていたように思う。皇帝の彫像が大量生産され、広大なローマ帝国内のあちこちに送られ、そこの広場などに建てられていたのであろう。

私個人の趣味では、つまらん顔をした醜男《ぶおとこ》たちの巨大な画像を眼《め》にさせられるよりは、優雅なトーガ姿の、または、腕と脚をあらわにしたローマ式の武装に身を固めた、筋肉の引きしまった彫像を眼にさせられるほうがよい。だいたい、これらの皇帝たちの彫像は、美術館に置かれてもわれわれの鑑賞に耐えうるのに、共産主義者たちの顔が、同じ試練に耐えうるとは考えられない。

それにしても、四十歳ぐらいの時の写真だけを公表していたというだけで、女優を写す場合のような、美しく写す細工をさせたわけでもないアガサ・クリスティに比べれば、アウグストゥスは、よほどワルであったようである。

皇帝アウグストゥスは、美男だったことでは有名ではあったが、背丈のほうは、人並みより低かったということになっている。ところが、二千年後の今日残っているすべての彼の彫像は、そろいもそろって、ひどく高くはないが普通の背丈になっている。修整しちゃったのだ。また、健康に特別に恵まれず、病気しがちな体質で、これもカエサルとまったく反対だが、筋肉隆々たる身体《からだ》つきでもなかったということになっている。だが、あらゆる彼の彫像は、トーガ姿であろうと武装していようと、繊細な感じは少しも与えない。背丈を十センチばかりのばし、肉づきも豊かに修整したのにちがいない。

しかし、彼の努力は無駄《むだ》ではなかったようである。シェークスピアでさえ、老いたアウグストゥスは想像できなかったのだから。

第二十二話　後宮からの便り

　ヴェネツィアが共和国であった時代の、海外駐在大使や諜報員《ちょうほういん》の報告を読むのは、今の私にとっては教養のための読書ではなく、仕事のための調査なのだが、それが少しも重荷に感じられないくらい愉《たの》しい。なぜなら、いわゆる内幕話が、わんさと書かれているからだ。

　もちろん、外交文書なのだから、政治、経済、軍事に関する情報と分析がその主軸であるのは、現代の同種の報告と少しも変らない。だが、これらの他に、ありとあらゆる情報が網《もう》羅《ら》されているのは、記録することが好きなヴェネツィア人の気質と、マスコミ機関がなかったことに由来するのではないかと思ってしまう。現代では、レーガンが顔の整形をしたとかしなかったとか、結婚式の付きそいから子供の洗礼親まで務めた親友は、ウィリアム・ホールデンであったとかということは、ゴシップ雑誌が担当してくれるから、ワシントン駐在のわが日本国の大使の報告には、少しもふれられないことにちがいない。また、このようなことは重要でないと思っているのかもしれない。

　ところが、四百年前のヴェネツィアの大使たちは、微に入り細をうがって、このように一見くだらないように見えることでも、馬鹿《ばか》にしないで報告していたのである。ヴェネツィアは商人の国であるから、商売を効率良く行うには市場調査が不可欠なことから、彼らにとってはごく自然な傾向であったのだろう。それに、変事が起った場合、それを知るのに当時では一カ月かかり、現代では一分も経ないで通じるというちがいはあっても、変事が突然もたらされることでは少しも変りはない。このような場合に敏速に対処するには、平生の情報収集量がモノを言ってくることでも同じである。

というわけで、私も、十五、十六世紀のヴェネツィア共和国にとっての仮想敵国ナンバー・ワンであったトルコ帝国を調べるとなると、政治機構や軍隊組織だけでなく、後宮の勢力争いから女たちの給料に至るまで、ついつい〝勉強〟してしまうことになるのである。ただし、一言断わっておくと、ヴェネツィアの「情報」には、ゴシップ雑誌の記事によく見られる、興味本位の煽情的《せんじょう》書き方は少しもなく、冷静で正確で、読む者がエロティックな感情をいだいたりすると、軽蔑《けいべつ》されそうな書き方で記述されている。私も、その手法をまねることにする。

後宮と呼ぼうがハレムと言おうが、スルタンの私邸であったトプカピ宮殿の北西に位置する一画には、男となると、スルタン一人しか入れない決まりになっていた。黒人の男奴隷《おとこどれい》は、二十人ほどいた。だが、主にアフリカから連れて来られたこれらの黒人奴隷は、トルコ直轄《ちょっかつ》領内での去勢は禁じられていたために、すでにアフリカで去勢手術を受けていて、しかも、定期的に、去勢が完全であるかを調べる診断も受けねばならない「男」たちであった。

この黒人奴隷たちを統率するのは、「女たちの頭《かしら》」(キズラル・アガ)と呼ばれる、これも去勢された黒人の奴隷で、彼が、ハレムの執事であったと言ってもよい。ハレム内のあらゆることとすべての人間が、この黒人去勢奴隷の管轄下にあったからだ。スルタンがハレムを出る際は、この「女たちの頭」は、絹の長衣に広帯、毛皮のマントに六十センチも高さのある帽子という礼装に身を固め、送迎の儀式の最前列に連なるのが習慣になっていた。

この男の権力は、スルタンの私邸の総もとじめであることからもひどく強かったが、生れと育ちからくる無知と粗野に加えて、去勢者特有の病的なまでの肥大傾向と精神的不安定も重なって、イギリス風の執事とはまるで反対な、彼に支配される者にとっては耐えがたい存在であるのが常であった。賄賂《わいろ》の面でも、「女たちの頭」のそれは有名で、莫大《ばくだい》な財産を築いた者が多かった。もちろん奴隷であるから、いかに巨大な財産家になっても、死ねばスルタンに没収されてしまうのである。

スルタンと二十人ほどの黒人の「宦官《かんがん》」以外は入れなかったハレムの主な住民は、これも奴隷の身分では変りはない女たちである。十五世紀後半のマホメッド二世の時代も、十六世紀半ばのスレイマン大帝の時代も、彼女たちの数は、だいたい三百人であったと言われる。そのほとんどが、アルバニア、ギリシア、グルジア、コーカサス地方の出身者で、スルタンのハレムにたどり着いた経路は、次の三つに大別される。第一は、出生地の領主からスルタンに献上したためであり、第二は、海賊にさらわれて、その海賊の頭《かしら》がスルタンに献上したためであり、最後は、コンスタンティノープルの奴隷市場で売りに出されていたのを、「女たちの頭」に買われたという場合である。当時の美的標準によると、コーカサス地方が美女の一大産地ということになっていたので、この地方出身の女たちを、少女の頃《ころ》に親許《おやもと》から離し、ハレム用ということで、あらゆる快楽の技術を教えこむ組織も存在したが、これは、それほど盛んにはならなかった。いったんハレムに入れられてしまえば、自己保身のためにも、快楽の技術《アルテ》は習得せざるをえなかったから、あらかじめ教えこむ必要もなかったのであろう。

ハレムの女たちの中には、領主の娘も、皇帝の息女さえもいた。とくに、コンスタンティノープルを征服してビザンチン帝国を滅亡させ、その余勢をかって征服に次ぐ征服に生涯《しょうがい》を送ったマホメッド二世のハレムには、征服された君主の娘はスルタンのハレム行きと決まっていたから、このような高貴の出の女たちが多かったのである。しかし、皇女であろうとアルバニアの百姓の娘であろうと、ハレムに入れば立場は同じになった。ハレムの女たちの位置は、生れとは無関係に決められたからである。

出身地のちがいはあっても、彼女たちは例外なく、キリスト教徒の生れであることでも同じだった。トルコ女の奴隷は、禁じられていたからである。イスラムに改宗した女が多かったが、キリスト教徒であり続ける女も少なくなかった。トルコ民族は、税金さえ払えば、また奴隷であることに耐えるならば、信仰の自由には意外と寛大であったからである。

「女たちの頭」と二十人ほどの黒人の去勢奴隷が取りしきるスルタンの後宮は、スルタンにだけ許された制度ではなく、イスラム教徒には実情に合った制度として、経済的に可能な者には、誰でも実行できた制度であった。スルタンのハレムが、女の数ではずば抜けていたというだけである。戦いで家を外にしがちな男たちが、留守中の妻の貞操を守るために、去勢された奴隷に管理させる必要からはじまった制度だから、同時代の西欧の貞操帯と同じ理屈から発している。ちがうのは、イスラムでは複数の女を所有することが許されている点で、こうなると、大勢の女を一カ所に集めて監視させればそれだけ能率的でもあるという理由から、ハレムという組織ができたのであろう。

三百人前後は常にいたハレムの女たちの位置は、厳然と分けられていた。一番下層に、まだスルタンの眼《め》にとまらず床を共にしたことのない女たちがくる。彼女たちは、十人ずつに分けられて一室に同居させられ、狭い部屋の床にじかに寝る。前身が王女であろうと、この待遇は変らなかった。次に、スルタンの眼にとまり、床を共にしたことはあったが、子を与えられなかった女たちが続く。最初の交渉で子を与えられなかった女は、それ以後は二度と床を共にはできない決まりになっていた。十人一組ではなかったにしろ、この段階では、まだ同居組に入る。

この上にくるのが、男女を問わず、子を与えることのできた女たちである。彼女たちになると、はじめて専用の個室を持つことができた。ただし、この階級も二分されていて、長男を与えた女からはじまって四人までが、女性冠詞のついたスルタンと呼ばれる正妻たちで、彼女たちになってはじめて、幾人かの専用の召使つきのアパルトマンに住むことが許されていた。「正妻」以外の女たちは、妊娠しても、堕胎を強制されることさえもある。正妻たちの立場も、皇太子の母以外は安定していなく、寵妃《ちょうひ》と入れ換えられることも珍しくはなかった。

ハレムでの最高の地位は、スルタンの生母が占めていた。女は望むだけ持てるスルタンも、母は一人しか持てなかった事実からして、当然の帰結であったろう。イスラム教の教祖マホメッドも、天国はお前の母の足許にある、と言ったくらいだから、奴隷の身分には変りはなくても、生母となれば別だった。

スルタンの後宮は、このように、母后と去勢された黒人奴隷の頭という、性的には普通でない人間が支配する世界であった。そして、料理をする必要もなく、食事は特別の仕掛けを通って、トプカピ宮殿内の調理場から、三度三度運ばれていた。また、掃除をする必要もなく、ただただ毎日をスルタンの眼を魅《ひ》くことだけを考えて暮らすという、これまた性的には異常な状態の中で、三百人もの美女たちが生きていたのである。彼女たちの「固定給」は、日給制で一日四アスプロ。同時代のヴェネツィアの国営造船所の未熟練工の給料とほぼ同じである。これを貯《た》めておいて、ハレムに出入りを許されている女商人たちの持ってくる、香水や宝飾や衣装を買うのに使ったのであろう。ただし、これは最低の給料で、その上は、スルタンの眼を魅けるかどうかにかかっているハレムでは、上限というものがなかったのも事実であった。

母后と宦官という、原因も状態も別だが性的には常態にないことでは同じの二人が、最高の地位と権力を持つスルタンのハレムでは、他ではごく簡単に自然に行われることでも、必要以上に煩雑《はんざつ》な経路をたどらねばできないような仕組をつくりだすものである。ただ単にスルタンが女と寝たいと思うような場合も、それに達するまでの「儀式」は複雑をきわめ、普通の神経の持主ならば、放《ほう》り出したくなるような手順をふまねばならない。

まず、スルタンは、母親にあいさつをする。その後ではじめて、女たちはスルタンに展示されることになる。ミスなんとかの選考のように、一人一人しゃなりしゃなりと、坐《すわ》っているスルタンの前を通り過ぎる方式ではなく、中庭とか広間とかに集められ、そこに入ってきたスルタンが全員をひと眼で見わたせるやり方であった。三百人もいたのだから、一人一人では、時間がかかりすぎるというわけであろう。あらかじめの「御指名」がない場合は、この方式で展示された。

一人の女が、スルタンの眼にとまった。スルタンは、そばに控える「女たちの頭」に、どの女であるかを伝える。すると、その黒人奴隷は、他の女たちに退場を命ずる。もう用はないのだ。それから、指名された女の、御床入りの準備がはじまるのである。まず、浴室に連れていかれ、黒人女奴隷たちの手で徹底的に洗われる。入浴が終ったら、全身の毛という毛がそがれる。そぎ方は、蜂蜜《はちみつ》と小麦粉を練り合わせたものを、皮膚の上に張りつけ、少し時間が経ってから引きはがすやり方がとられた。その後で、香油と米の粉を使って、全身のマッサージが行われる。これも終ると、化粧に入る。香水はふんだんに浴びせられ、マニキュアもなされ、コールを使ってのアイ・ラインも、ハレムでの化粧の重要なコースになっていた。これらがすべて終ってから、衣服を着けることが許され、ハレムのほぼ中央に位置する、スルタンのアパルトマンに連れて行かれる。だが、ここでも二人きりになれるわけではなかった。寝室の中には、二本の大蠟燭《おおろうそく》が明々とともされ、寝室の扉《とびら》の後ろでは、他の女たちが聴き耳をたてている。また、寝入るのも起きるのも、スルタンが先と決められていた。

朝、起床したスルタンは、まず浴室に行く。入浴は、イスラム教徒の間では非常に大切なこととされていた。十五世紀後半からは確実に、文明では西欧が優位に立っていたと確信する私だが、清潔さの点では、古代ローマの伝統が中世で断絶してしまった西欧は、中近東にはるかに劣っていたと思うしかない。

さて、一夜をスルタンとともにした女のほうだが、スルタンが入浴に立った後、女はスルタンの衣服のすみずみまで調べる。見つかった金貨は、彼女の所有になることが認められていたからだ。そして、床をともにした日づけは、正確に記録された。九カ月後に起るかもしれない子の誕生の、父系の確認のためである。子を産むかどうかに以後の女の立場がかかっていただけに、管理する側の黒人去勢奴隷も、また、管理される女たちも真剣だった。最初の機会に子を与えられなかった女には、以後二度とチャンスはめぐってこないからである。ちなみに、スルタンのハレムに送られてくる女たちは、一人の例外もなく処女でなければならなかった。

肌《はだ》もあらわな薄絹をまとった姿で、絹のクッションに身をもたせかけ、優雅に竪琴《たてごと》の絃《げん》をつまびきながら主《ぬし》の声を待つ、などという光景は、暑いアラビアならばともかく、コンスタンティノープルのスルタンのハレムでは、西欧人の夢の産物でしかなかったようである。コンスタンティノープルは、夏でも意外と寒いのだ。黒海からボスフォロス海峡を通って吹いてくる冷たい風を、トプカピ宮殿のある場所はもろに受ける。ビザンチン帝国時代の宮殿は、金角湾の奥にあったが、あそこのほうが北風を避けるのには適していた。トルコ人がトプカピ宮殿を建てた場所は、眺望《ちようぼう》も良く防備にも適していたにちがいないが、健康の面からすれば、そこに一年中住まざるをえない者を歎《なげ》かせたはずである。薄着などしては、風邪を引くだけでなく、リュウマチにかかったにちがいない。トルコ民族は、小アジアにいた当時から、今日のわれわれがキルティングと呼ぶ、綿入れの分厚な布地を重宝していたらしいが、コンスタンティノープルに首都を移してからも、これは手放すどころの話ではなかった。キルティングを使った衣装を重ね着して、着ぶくれでコロコロしたハレムの美女というのは、想像するだけで愉しくなる史実である。両の乳房もあらわな薄地の官能的な衣装は、スルタンに「展示」される時か、指名後の御床入りの時に着た、いわば職業衣にすぎなかったのであった。普段は、ヴェールで顔の下半分を隠すこともなく、他のトルコ女とたいして変りのない服を着ていた。もちろん、ハレム内の地位と、スルタンの気を魅いた度合に比例して、豪華の度合もちがっていたのは当然である。

これに、子供たちが加わる。男子の場合でも幼少時は母親の許で育てられたから、十六世紀後半ともなると百人以上もの子を持ったスルタンもいたので、少年期に達するとハレムの外で養育される男子を除いても、残りの子の数は幼稚園並みである。子供たちでワイワイとうるさいハレムなんて、官能的もなにもあったものではないと、ハレムに夢を持つ部外者ならば考えるところだ。

しかし、一人対三百人というのは、やはり異常であった。それに、スルタンは毎夜、別の女と寝るわけでもない。金曜日の夜は、第一の正妻と就床《ふしど》をともにすると決められていたうえに、音楽を聴いたり詩をつくったり、または男の宮廷人との間での話に熱中して、夜を過ごすことも多い。そのうえ、イスラム教徒は、世界はイスラム世界と戦いの世界に二分されると考えていたので、これによる「聖戦」の思想によって戦争ばかりしていたので、いきおいスルタンも首都を留守にすることが多かった。ハレムは、避暑以外の場合は、スルタンに従《つ》いていくことがなかった。

ハレムの女たちにとっては、このうえにさらに、もう一つのライヴァルが存在した。宮廷の小姓たちである。ハレムには、トルコ帝国の勢力の及ぶ範囲の最高の美女たちが集められているならば、小姓のほうもこれまた、最高の美少年が集められていた。彼らは、華麗な服を着け、名も、ヒヤシンス、ローズ、カーネーション、水仙《すいせん》などと、花の名がつけられていた。トルコでは、男性集団であるイェニチェリ軍団でも通例になっていた同性愛趣向は、少しも非難されることではなかったし、とくにこの趣向の持主としても有名であったマホメッド二世の時代ともなると、宮廷の小姓たちは、立派にハレムの女たちのライヴァルでありえたのだ。

このような情況では、ハレムの女たちの日常は、退屈なだけでなく、性的にも閉鎖状態に置かれていたことになる。その解放の第一の可能性は、ハレム内の黒人奴隷たちであった。彼らは去勢されており、定期的な診断によって、それが完全であるかどうか常にチェックされていたが、精子を放出しないだけで、後の器官は男である者も中にはいたのである。しかし、黒人奴隷との性交は死刑と決まっていたので、それをすることは生命《いのち》がけの冒険を意味することであった。やはり、最も普及していた解放の方法は、女同士の同性愛によるものであったらしい。男同士のそれが非難されなかったのと同じに、女同士の性愛関係も、非難を受けるどころか、性的コンディションを保つ一手段として、マスターベーションとともに、半ば公認されていたからである。ただし、それはあくまでも、完全な快楽に達しないと認められた範囲内で許されることであった。この規準を決めるのは、黒人去勢奴隷の頭《かしら》の仕事である。なにしろ、「女たちの頭」と呼ばれたこのハレムの総責任者は、女たちが入浴するたびに浴室に入り、彼女たちの肉体的状態を調べ、それを管理するのも重要な仕事であったからだ。性的に理想的な状態は、あくまでも、スルタンのためにだけ保存されねばならなかった。ために、性愛を完全に満足させるのに役立ちそうなものは、なにひとつ、ハレムの中に持ちこまれることは許されていなかった。ヴェネツィア大使は、こう報告している。

「胡瓜《きゅうり》さえも、丸のままでは供されることはない。調理場で輪切りにして、皿に盛った形でハレムに運ばれる」

しかし、西欧から見ればいかに異常な情況にしろ、このような情報を送るだけならば、受ける側のヴェネツィア政府とて、警戒心をかき立てられるには至らなかったであろう。それが、十六世紀も四分の一を過ぎた頃になって、トルコのスルタンのハレムの、西欧から見れば普通でもトルコ人からすれば実に異常な情況が、ヴェネツィア大使の報告にしばしば書かれるようになる。スルタンが、ハレムの女の一人と、床をともにするだけでなく、中庭を散歩しながら話し合うことがある、という情報であった。

スルタンが好んで話し合う女がいる。

ヴェネツィア政府からコンスタンティノープル駐在大使に向けて、警戒警報が発せられた。時のスルタンは、スレイマン大帝。トルコ帝国の領土が、最大に達した時代でもあった。

第二十三話　奴隷《どれい》から皇后になった女

大帝と呼ばれるトルコのスルタン・スレイマン一世は、歴史上しばしばあらわれる、幸運と才能ともに恵まれた人物の一人に数えられている。才能の面では、私の見方からすると少々疑問に思われないでもないが、運となれば、文句なく、歴史上第一級に属したにちがいない。

曾祖父《そうそふ》マホメッド二世が、ビザンチン帝国を滅亡させ、コンスタンティノープルに首都を移し、周辺の諸国を次々と征服して死ぬ。その三十年の治世の後を襲った祖父バヤゼットは、拡張時代の後を治める君主にふさわしく、堅実な政治で、広大な領国の基盤を固めるのに功績があった。三代目のスルタン・セリムも、八年間という、前二者にもまた息子のスレイマンの治世年数と比べてもはるかに少ない治世期間しか持たなかったにもかかわらず、シリア、エジプトを征服し、アラビア半島のメッカを獲得する。イスラム教徒の聖地を自領内に組み入れたこのことは、トルコ帝国のスルタンに、広大な領国の主としての権力に加え、イスラム世界の精神的権威まで与えたことを意味した。一五二〇年、二十六歳の若さでスルタンに即位したスレイマン一世は、即位の瞬間から、イスラム世界の最高位者として、第一歩を踏み出したのである。これに準ずるのは、同じ頃《ころ》に神聖ローマ帝国の皇帝に即位した、スペイン王カルロス五世がいるだけであった。

スレイマンが幸運に恵まれていたのは、この一事だけではない。幸いにして彼は一人息子であったので、王位確保のために弟たちを皆殺しにした曾祖父や、弟と戦わねばならなかった祖父に比べて、肉親殺しの汚名を着る必要がなかった。また、賢明な父の計らいで、十六年もの間、広大なトルコ帝国の属領に送られ、統治の技術を実地に学ぶ幸運にも恵まれていた。しかも、同時代の西欧の政治哲学者マキアヴェッリが分析したように、スルタンの他は全臣民が奴隷というトルコ帝国の君主でありながら、親友を得るという、珍しい幸運の持主でもあった。

スレイマンより一歳上であったイブラヒムの前身は、ギリシア生れのキリスト教徒である。少年の頃《ころ》に海賊にさらわれ、奴隷市場で売りに出されていたのを、あるトルコ人の未亡人に買われた。まもなくこの女主人は、少年奴隷の利発さに気づき、教育の機会を与えたのである。少年イブラヒムは、こうして、哲学を学び音楽を知り、ギリシア語の他にトルコ語、ペルシア語、イタリア語まで、自由に読み書き話すことができるようになった。イブラヒムが、皇太子時代のスレイマンと出合ったのは、十代の終りの頃であったらしい。スレイマンは、早速この奴隷を買い取り、自分の従者にする。お互いに共鳴するものがあったのか、二人はたちまち、主《あるじ》と奴隷の身分差はそのままであっても、常に一緒という親友の間柄《あいだがら》になった。主がスルタンに即位し、首都コンスタンティノープルのトプカピ宮殿に移ると同時に、イブラヒムも、当然のことのように、トプカピ宮殿の住人になった。最初の頃の彼の仕事は、比較的軽い役職で、鷹匠頭《たかじょうがしら》からはじまり、小姓の教育係なども務めてから、閣議に列するまでになる。四人いる大臣の最高位、宰相《さいしょう》の位に任命されたのは一五二三年で、三年間でこれだけの出世を果したのは、大臣に至るまで奴隷が普通のトルコでも、やはり異例に早い昇進であった。

ちなみに、トルコ帝国は、その名と反対に、非トルコ人に支配される国家であった。五年ごとにトルコ領内のキリスト教国であるギリシアやボスニア、アルバニアなどから、少年たちを強制的に供出させ、それらの中で姿形も美しく頭も良い四十人ほどが、将来の支配者となる教育を、トプカピ宮殿で受けるのである。残りの少年たちは、軍団で育てられる。トルコ軍の精鋭イエニチェリ軍団を形成していたのは、成人したこれらの少年たちであった。いずれも、改宗するとはいえ、もともとはキリスト教徒の生れである。だが、妻帯も飲酒も賭《か》け事《ごと》も禁じられ、親許《おやもと》から完全に引き離された状態で成人するこれらのもとキリスト教徒の奴隷たちは、忠誠を誓う対象としてはスルタンしかないという教育の結果、純血トルコ人よりも、専制君主からすれば信頼の置ける臣下になるのだった。

「かつての敵のほうが、年来の味方よりは信が置ける場合もある」

と書いたのは、マキアヴェッリである。
統治の秘訣《ひけつ》は、普通の発想以外のところにあることが多いという例だが、この制度のおかげで、トルコ帝国は、臣下同士の勢力争いもあまりなく、国内の安定に他国ほど気を使わずにすんだのであった。

このように、トルコ帝国の上層部でさえも奴隷出身で占められていた状態では、イブラヒムの存在も、決して異常事ではなかったが、スルタンの彼に対する態度が、このような場合に前例を見ないほどに親しかった。政治面での片腕であっただけでなく、食事も一緒であり、戦場では同じ天幕に眠るのである。夜、詩を口ずさむスルタンのそばで、楽を合わせるイブラヒムの姿は、ヴェネツィアのスパイに、二人は同性愛の関係にあるのではないかという報告を送らせたほど、従来のトルコの主従の関係とはちがっていた。

スレイマンには、すでに、モンテネグロ生れの女奴隷で、「春のばら」と呼ばれた妻がいた。この女は、ムスタファという名の第一子を産んでいたから、正妻のナンバー・ワンということになる。この「春のばら」の他に、スレイマンのハレムには、トルコの勢力の及ぶ範囲で最高の美女たちとされた、三百人の女たちが集められていた。このままでいけば、スルタンのハレムも、〝安泰〟だったのだ。ハレムの女たちは、スルタンにとっては、性愛と子を得るためだけの存在であったのだから。

一五二三年六月、イブラヒムが宰相になった数日後のことである。一人のロシアの女が、スルタンのハレム用として献上されてきた。とくに美女というのではなかったが、ほがらかで利発で愛くるしい女だった。ロシア女という意味もあって、ロッサーナと呼ばれた。

二十九歳になっていたスレイマンは、この少女期を終えたばかりの女奴隷に、たちまち魅了されてしまった。夜の相手の指名が、彼女にだけされるのにとどまらない。昼間も、ハレムの中庭を散歩しながら話に興ずることが多くなった。ロッサーナは、ハレムに入ってから一年も経ないで、セリムと名づけられた男子を産んだだけでなく、次々と五人の子を産む。他の女たちは、まったくの失業状態になってしまったわけだった。しかし、母后を除いたとしても、スルタンの第二子を与えただけのロッサーナは、正妻四人のうちの第二位に甘んじるしかない。第一子ムスタファを与えた「春のばら」が、第一の正妻であることには変りはなく、イスラムの法にあるとおり、金曜の夜は第一の正妻と過ごすのが決まりになっている。いかにロッサーナを愛するスレイマンも、金曜の夜ともなると、「春のばら」のアパルトマンに出向くことはやめなかった。

勝気であったロッサーナには、これが我慢ならなかったのである。ある時、「春のばら」のアパルトマンに押し入った彼女は、この第一の正妻につかみかかり、二人の女の間では、黒人奴隷たちの制止も効かないほどの、文字どおりの取っ組み合いがくり広げられた。その時、正当防衛ではあったろうが、第一妻のほうが第二妻の顔をひっかいたのである。翌日から、ロッサーナは、スレイマンの御召しに応じなくなった。顔が傷ついたから、という理由を申し立ててである。そして、その翌日も応じない。その次の日も、またその次の日も、会おうとしない。それでいて、見事なことに、「春のばら」のことには、いっさいふれなかった。ついに折れたのは、スルタンのほうである。スレイマンは、第一妻には今後会わないと誓って、顔のひっかき傷などとうの昔に跡かたもなくなっていたロッサーナに、ようやく会うことができたのであった。これ以後、「春のばら」は、第一妻の地位は保ちながらも、夫の訪れもなく、息子ムスタファの成長だけが楽しみの妻にされてしまった。

ヴェネツィア諜報《ちようほう》機関の集めた情報によると、ロッサーナは、これでもまだ満足しなかったということになる。彼女が次に着手したのは、「春のばら」を、永久的にトプカピ宮殿から追放することであった。それは、第一子ムスタファの成年を待って、実行に移される。スレイマン大帝に入れ知恵して、皇太子を属州の統治に派遣させたのだ。これは、スレイマンの皇太子時代もそうであったから問題はなかったが、ロッサーナにしてみれば、息子の任地に母親が同行するというトルコの宮廷のしきたりによって、「春のばら」も、コンスタンティノープルから離れざるをえないので好都合なのだった。皇太子ムスタファの任地は、任期を重ねるにつれて、首都から遠い地に移っていった。

そして、スルタンの母后が死んだ。母后というハレム内の最高の地位を占めながら、スレイマンの生母は、それまでの母后の伝統に忠実に、持つ権力の乱用など考えもしない女であったらしい。それでも、生きているかぎり、いかにスルタンの寵愛《ちょうあい》を一身に受けるロッサーナとて、母后の前にはひざを屈せねばならなかった。それが今、消えたのである。ロシア生れの女奴隷は、形式的にもこれで、スルタンの後宮第一の女になったことになる。

この頃になると、閉じられた世界であるハレム内の事情も、コンスタンティノープルの都中の噂《うわさ》になるほど、世間に知られるようになった。庶民は、ロッサーナを、トプカピ宮殿の魔女と呼び、宮廷も軍団も彼女を憎悪《ぞうお》したが、スレイマン大帝のロッサーナに対する愛と信頼はゆるぎもせず、誰もなにもすることができなかった。ただ、ハレム内の評判は、ロッサーナに悪くはなかった。思うままに得られる金貨で、黒人去勢奴隷たちを完全に味方に引き入れていたからだ。また、ロッサーナの出現によって、スルタンが彼女以外の女には見向きもしなくなったために、「失業」してしまった他の女たちも、本来ならば仇敵《きゅうてき》になるところが、そうではなく、ロッサーナの味方であった。なぜならば、ロッサーナがスルタンに頼んで、失業した同僚たちを、次々と裕福なトルコ人と結婚させたからである。女というものは、ハレムの女でさえも、正式結婚をしたいものなのだ。また、イスラム教の僧たちも、必ずしも、スルタンの愛妾《あいしょう》の敵ではなかった。ロッサーナが、あらかじめ、多額の寄付を主要なモスクに贈っていたからである。こうした地盤固めをしておいて、ロッサーナは、トルコ帝国建国以来の法に挑戦《ちょうせん》した。スレイマン大帝に、正式の結婚をしてくれるよう求めたのだ。

六世紀このかた、トルコのスルタンは、正式の結婚をしてはならないと決められていた。

まだトルコ民族が小アジアの流浪《るろう》の民であった時代、スルタンの妻が敵の捕虜になって以来のことである。その時、捕われた妻は裸にされ、敵将の食卓の給仕を強制された。これ以後、トルコ民族にとってこのような屈辱的な事態が二度と起らないようにと、スルタンの正式の結婚は禁じられたのである。ハレムの奴隷女ならば、何人捕虜にされ裸体でサービスさせられたとて、スルタンの体面には傷がつかないということなのであろう。

寵妃の願いとはいえ、さすがにスレイマン大帝も、この要求は簡単には聴き容《い》れるわけにはいかなかった。だが、ロッサーナはあきらめない。他の女たちが正式に結婚しているのに、世界最高の権力者に愛されている自分だけが奴隷の身分のままでいる、と言って、スルタンを責めたのである。最後には、スレイマン大帝も屈服した。イスラムの僧たちの前で、スルタンは、次のように宣言した。

「この女を自由の身にする。そして、自分の妻にすることを誓う。彼女の所有するものはすべて、正式に彼女の所有権に帰すことを宣言する」

結婚式は簡単だったが、その翌日から一週間続いた祝宴は、このようなことははじめての、トルコ帝国の庶民と外国人を驚かせるに充分な、華麗さと富の氾濫《はんらん》であった。ビザンチン時代の遺物である競技場では、数々の催し物がくり広げられ、貴賓席の半分は、ペルシア風のよろい戸で仕切られ、皇后ロッサーナと女官たちも催し物を愉《たの》しめるようになっていた。ハレムも、スルタンの寵愛を競う女たちの住まいではもはやなく、皇后と、百人を越える女官や召使の住む、スルタンの普通の私邸に変った。変らなかったのは、管理役の黒人の去勢奴隷だけである。三十代の後半には達していたにちがいないロッサーナの、見事な勝利であった。

皇后になった彼女の次の野望は、自分の息子セリムを皇太子にすることである。これには、スルタンの信頼厚い、有能な宰相イブラヒムをしりぞけることからはじめねばならなかった。宰相が、才能も豊かで臣下に人気も高いムスタファの後援者であることは、誰知らぬ者もない事実であったからである。それに、ロッサーナを皇后にすることに賛成した際に宰相の出した条件が、ムスタファの皇太子の地位は動かさないということであった。スレイマン大帝も、親友との約束は破る男ではない。そのうえ、スレイマンは自分の妹を、イブラヒムに嫁がせていたので、スルタンと宰相とは、義兄弟の関係にもなっていた。ロッサーナは、少しずつ、宰相イブラヒムが汚職で巨富を築いていることなどを、スルタンの耳に入れることからはじめる。また、スルタンの信頼を笠《かさ》にきて、宰相が不遜《ふそん》な言動をしてはばからない、とも告げた。それでもスレイマンの、親友に対する信頼はゆるがなかったのだが、皇后と宰相の間の険悪が公然化し、自分を取るか彼を取るかとつめ寄られて、スレイマンもついに決断をくだしたのである。一五三六年三月十五日、いつものようにスルタンと食事をともにし、さて自邸に帰ろうとしたイブラヒムは、スルタンから、泊まっていくよう勧められて従った。これも、前例のないことではなかった。ただ、その翌日、宰相は死体になって、トプカピ宮殿の門の外に投げ出されていた。

最大の障害は、取りのぞかれたことになる。だが、皇太子殺しを成しとげるまでには、それから、十七年半の歳月を要した。ロッサーナは、待つことも知っている、一級の野心家でもあったらしい。

皇太子ムスタファの罪状は、反逆罪である。父スルタンに呼ばれてスルタンの天幕に入ったところで、十七人の唖《おし》でつんぼの黒人奴隷たちに襲われた。これらの黒人は、高貴な人々の暗殺用として、あらかじめ人工的に聾唖者《ろうあしゃ》にされた奴隷たちである。宰相イブラヒムもこの待遇を与えられたが、ムスタファは若いだけに、相当頑強《がんきょう》に抵抗したらしい。それでも、最後は押えつけられて、これも高貴な罪人に与えられる特権の、紅の絹のリボンで絞め殺された。ロッサーナの息子セリムのスルタン継承への道は、これで完全に開かれたことになった。

この五年後、皇后ロッサーナは死んだ。スレイマン大帝は、皇后の私室を閉鎖してしまい、食事の時も、誰の陪食も望まなかった。そして、それから八年後の一五六六年、かねてからの望みどおり、戦場で死んだ。七十二歳になっていた。スルタンの死は三週間秘密にされ、遺体は生前の服を着せられて兵士の歓呼を浴び、皇太子セリムが首都コンスタンティノープルに到着したことが確かになった段階で、はじめて公表されたのである。

ロッサーナの息子セリムのスルタン即位とともに、トプカピ宮殿のハレムも、もとどおりの女奴隷たちのたむろする場所にもどった。それ以後、スルタンと正式に結婚し、皇后の位にまで昇った女はいない。しかし、一度破られた慣習は、二度ともとにはもどらない。ハレムの女たちのもたらす影響は、これ以後強くなるばかりであった。イスラム教徒としては例外的に一夫一妻を守ったスレイマン大帝によって、皮肉にも、トルコ帝国は、「大奥政治」をはじめてしまったことになる。

当時、情況分析の鋭さでは群を抜いていたヴェネツィア共和国政府は、いち早く、このハレムの変化に対処する策を練る。ちょうどその頃、第一子を与えたために新スルタン・セリムの第一の妻ということになっていた女が、トプカピ宮殿のハレムの女主人になっていた。この女は、ロシア生れでもギリシア生れでもない。海賊にさらわれて皇太子時代のセリムに献上された、ヴェネツィアの貴族の娘である。名を、チェチリア・バッホといった。

附記　チェチリア・バッホについては、『海の都の物語』(中央公論社刊)の第七話「ヴェネツィアの女」を参照されたし――作者

第二十四話　一枚の金貨

ベイルートがまだ、今のように戦乱の巷《ちまた》と化していなかった頃《ころ》である。あのあたりを漫然と旅してまわっていた私は、街のバザールで、一枚の古い金貨を買った。

ほんとうは、それを私に売ったアルメニア人の古道具屋は、この一枚の金貨だけを、大事そうに私に見せたわけではないのである。粗末な木の箱の中でジャラジャラ音をたてている古銭を眼《め》の前の台の上にぶちまけ、全部買うなら安くしておく、と言ったのだった。すりへった銅貨や、これも銅貨と見まちがうほどに変色した銀貨が多く、それでも中に、五、六枚の金貨も混じっていた。古道具屋は、これらはみな、イタリアの古銭だと言った。

今にして思えば、あの時少々無理をしても、全部買っておくべきであったと残念でならない。だが、当時はまだ一ドルが三百六十円の時代で、他の日本人旅行者と同じに私の財布も軽かったのと、それよりも、高校時代からの憧《あこが》れであった地中海世界を実際に自分の眼で見られるだけで満足し、その五年後にイタリア・ルネサンスを書き、またその十年後にヴェネツィアの歴史を書くようになろうとは、夢にも考えていなかったのである。それで、アルメニアの商人には、全部なんていらないと言い、古銭の山の中から一枚を取り、それだけを買ったのだった。その金貨が、ヴェネツィアの博物館で見た金貨と同じ図柄《ずがら》であったからだ。そんなわけだから、帰宅した後も、古いヴェネツィアの金貨は大切に保存されるどころではない。私はそれを、各国を旅していると自然に貯《た》まってくる小銭と一緒に、お茶の入っていた缶《かん》に入れたまま、すっかり忘れてしまっていた。

思い出したのは、『ルネサンスの女たち』を書く準備をはじめた時からである。調べを進めていくにつれて、ドュカートという単位があちこちに出てくる。もちろん、ドュカートとは、ヴェネツィア共和国の金貨にかぎらず他の国々の通貨にも使われた名称だが、十五世紀から十六世紀にかけては、ドュカート金貨と言えばヴェネツィア共和国鋳造のそれを指し、またヴェネツィアの金貨が、当時では最も信用の置ける国際通貨であったのも事実だった。この程度のことは、直接ヴェネツィアを書いていなくても調べたのである。

それで、お茶用の缶に放《ほう》りこんでおいた金貨を、スペインやエジプトやギリシアの小銭の中から取り出して眺《なが》めた。なるほど、これがドュカート金貨と呼ばれるものか、というわけだ。ただ、『ルネサンスの女たち』や『チェーザレ・ボルジアあるいは優雅なる冷酷』や『神の代理人』を書いている頃は、なにしろ登場人物のほとんどが君主なものだから、額がひどく多い。一ドュカート金貨を手にしながら、この一万二千倍がイザベッラ・デステの一年間の生活費で、三十万倍になると、ルクレツィア・ボルジアの持参金なのか、と考えても、どうも実感がわいてこない。それで、わが一枚の金貨も、お茶の缶の中での他の小銭との同居から引き出しの中に移されたとはいうものの、持主から眼をかけられない点では、たいして変りのない境遇を我慢するしかなかったのであった。

厚遇されはじめたのは、やはり、『海の都の物語』を書く準備をはじめた時からである。わが一枚の金貨の居場所は、引き出しの中から煙草《たばこ》ケースの中に移動した。机の上に置かれた煙草ケースは、一日に二十回近く開けられるから、私にしてみればこれほどの厚遇はない。

それに、ヴェネツィア共和国では、国営造船所の未熟練工の給料が年収にして十六から二十ドュカート、ガレー船の漕《こ》ぎ手も、基本給は年に二十ドュカート、手工業の職人となると、五十ドュカート、国営造船所の技師長や商船の船長は百ドュカート、富裕階級でも、一万ドュカート程度の年収なのだから、一ドュカートしか持っていない私でも、実感を得るにはたいした想像力も必要としなかったのである。また、その時代は、家賃を除けば、一家が一年暮らしていくのに、十五から二十五ドュカートあれば充分な生活ができたのであった。

十六世紀半ばを基準とすると、ヴェネツィア共和国では、年収が一千ドュカート以上ある者が上流階級とされ、中の上は百ドュカート、中の下は五十ドュカートの年収を得ていたという。上流とされる人々は、全人口の一割で、中の上に属する者は、自営職人や造船所の技師や船長だが、造船技師には国から住宅が提供されていたし、船長には、航海中に商売もできるという特権があった。上下合わせた中産階級に属す人々は、全人口の八割を占めていた。

この事実は、ヴェネツィア共和国にとって、国内の安定と国家の長命をもたらした原因の一つであったろうと、私は、一枚のドゥカート金貨をもてあそびながら考えたものである。
しかし、このように、一日に何度となく手に取り、ときには虫眼鏡で眺めたりしているうちに、私を少々がっかりさせる事実を発見したのである。
いかに私の金貨が、使い古されたことが歴然とわかるほどすりへっていても、直径二センチ、重さ三・五グラムで、表には、ヴェネツィアの守護聖人の聖マルコと、その前にひざまずく元首の像、裏面は、これも聖マルコが星に囲まれて立っている図柄では、ドゥカート金貨がはじめて造られた一二八四年当時のものと、まったく変りはない。ヴェネツィアの金貨は、その後共和国が滅亡するまでの五百年間、図柄だけでなく金の純度も変らなかったのだが、造られた年代は記されていない。その代わり、ドゥカート金貨にはすべて、それが鋳造された時期にヴェネツィアの元首であった人の名が刻まれている。それによって、いつ頃発行されたものかを知るのである。それで、わが金貨はと見れば、
LUDOV・MANIN
と刻まれているではないか。これは、LUDOVICO・MANINということで、彼は、ヴェネツィア共和国最後の元首である。つまり、私の所有する金貨は、ルドヴィーコ・マニンが元首であった、一七八九年から九七年までの八年の間のいつかに、造られたということになる。
なんだ、古い古いと思いこんでいたが、たいして古くもないではないか。たった、二百年足

らずの昔に造られたのだから。

だが、がっかりはしたものの、私には、ここで一つの疑問がわいてきた。この金貨が造られた滅亡直前のヴェネツィアは、すでに、オリエントとの交易量も極度に減っていたのである。それなのに、なぜベイルートに残っていたのか。それで、二回目の旅行の時には、その時はもう書く予定が決まっていたので、前のような漫然とした旅ではなく、取材旅行であったけれど、その時に、ベイルートだけでなくアレキサンドリアもイスタンブールも、街に着けば必ず古銭屋に立ち寄ってたずねたのであった。ところがなんと、たくさんあるのである。ザクザクとはいかないまでも、数では、ヴェネツィアやフィレンツェの古銭屋よりはよほど多い。そして、それらは、私の持っているものと同じように、金貨のふち近くに、小さな穴が開いているのだ。この穴は、西欧に残るものにはないのである。

これらの疑問は、少し調べたら解決した。

これらオリエントの国々は、一五一六、七年にトルコに征服されてから、ほぼ四百年もの間、トルコ帝国の支配下にあったのである。トルコの通貨は、アスプロと呼ばれる銀貨だった。ところが、国の領土は広大でも経済的技術では劣っていたトルコでは、通貨の価値の減少がひどく、反対にヴェネツィアの金貨は安定していたのである。十五世紀はじめにアスプロ銀貨が造られた頃は、一ドゥカートにつき十アスプロが相場であったのが、この世紀の後半には、四十アスプロないと一ドゥカートに値しないほどになる。十六世紀に入ると、それが五十四アスプロに増え、十七世紀には八十アスプロ、十八世紀ともなると、百アスプロ対一ドュカートが換金の基準になる始末。トルコ帝国の経済は、慢性状のインフレであったということであろう。

一方、ヴェネツィアのドュカート金貨は、その純度〇・九九七だから、これはもう純金と同じである。動産が減るのを防ぐために、トルコ帝国下のオリエントの人々は、ヴェネツィアの金貨を貯《た》めこんだのだ。穴のある理由も、こうなると明らかになってくる。オリエントでは、西欧とちがって、皮袋に入れる習慣がなく、穴に糸を通して保存したのだそうだから。もしそうだとすると、現代の西欧の人々が、インフレに対抗する手段の一つとして、スイスやイギリスや南アフリカ共和国で造られる、通貨用ではない金貨を買い求めるのと同じである。十八世紀末に国家が滅びた後も、ドュカート金貨だけはしばらくの間、通貨ではなくなっても別の価値によって、信用の置ける貨幣を持てなかったオリエントではとくに大切にされたのであろう。

ちなみに、私の持っているドュカート金貨は、西欧の古銭市場での価値はほとんどない。ヴェネツィアの古銭屋に言わせると、字が読めないほどすりへっているから保存度が悪く、しかも穴まで開いているから、溶解して金にするしかないのだそうだ。そうなると、一万円程度の価値ということになる。

古銭のコレクターが珍重するのは、古くて、しかも保存の良いものだと言いながら、ヴェネツィアの古銭屋は、一つの金貨を見せてくれた。それに刻まれた名を見て、私はため息をついてしまった。アンドレア・コンタリーニ。一三六八年から八二年まで元首であった人物の名である。五百年も昔のものとわかって、ため息をついたのではない。あの時代こそ、ヴェネツィア共和国が、文句なく西欧第一の強国であったからである。持つのなら、滅亡期のものより最盛期のもののほうが、気分だってちがうではないか。値段は、四十万リラだから八万円。

しかし、私はそれを買わなかった。八万円を惜しんだからではない。昨日造幣所から出てきたかのように保存の完璧《かんぺき》なのに、なんとなく抵抗を感じたからである。古い金貨は、それにふれた人々の手を感じさせるもののほうがよい。たとえ、古銭のコレクターからは見向きもされなくても。

第二十五話　ベンジャミン・フランクリンの手紙

共和国も滅亡寸前という十八世紀末の、ヴェネツィアの外交文書を調べていた頃《ころ》のことである。フランスやイギリス、オーストリアやスペインなどの旧大陸の国々からのものの中に、新大陸アメリカ合衆国からの外交文書を見出《みいだ》した時は、正直言って、意外に思わずにはいられなかった。いかに見事に統治されたとはいえ、ヴェネツィア共和国は、中世、ルネサンス時代の落とし子と言ってもよい国である。その国が、二十世紀の世界最強の国アメリカ合衆国と、公的にも接触があったという史実は、歴史の舞台から今しも退場しようとする国と、代わって華々しく登場しはじめた国が、舞台のすそでふと手をふれ合ったようで興味をそそられたのだった。

時は、一七八三年。現代では誰もが一致して世界の最強国と認めるにちがいないアメリカ合衆国も、二百年前のその頃は、八年も続いた独立戦争でようやくイギリスを破り、ヴェルサイユで調印された「パリ条約」で独立を承認されたばかりの、誕生ホヤホヤの国にすぎない。独立宣言もあったし、国号をアメリカ合衆国とするとも決まってはいたが、議会も連邦政府もなく、もちろん大統領もまだ存在していなかった。ワシントンが初代大統領に就任するのは、この六年後の一七八九年になってからである。当然のことながら、ヨーロッパ諸国に大使を派遣するなどということは、できる状態ではなかった。だから、ここに紹介するのも、「パリ条約」調印のためにフランスに来ていた合衆国使節団が、調印終了後にもまだフランスに留《とど》まっていた時に、ヴェネツィア共和国がパリに派遣していた大使に送った文書である。ちなみに、ヴェネツィアは、アメリカ独立戦争の間、アメリカを援助したフランスやスペイン、オランダとちがって、中立を維持した国の一つであった。ベンジャミン・フランクリンの筆になるこの外交文書は、次のようにはじまっている。

〈大使閣下、大陸会議に参集したアメリカの各州の代表は、ヴェネツィア共和国とアメリカ合衆国との間に、平等と相互理解と友好に基づいた関係が成り立つことは、両国いずれにとっても利益になるであろうとの結論に達しました。そして、去る五月十二日付けで、両国間の友好通商条約を結ぶにあたっての交渉を、駐仏大使であられる閣下を通して申し入れるよう、われわれに指令を与えたのであります。また、大陸会議は、われわれに、交渉の全権も与えており、交渉は、貴国政府の認可の降り次第開始できるよう、準備も整っております。

閣下には、本国政府の意向をただされることを願うばかりです。

アメリカ合衆国使節

ジョン・アダムス
ベンジャミン・フランクリン
トーマス・ジェファーソン〉

ここにはジョージ・ワシントンの名こそないが、第二代大統領になるジョン・アダムス、第三代大統領のトーマス・ジェファーソン、そして、避雷針の発明者としても有名なベンジャミン・フランクリンと、日本の中学生でも知っているにちがいないアメリカ建国の父たちが、ずらりと名を連ねているのは壮観である。しかし、二百年後の現代ではまちがいなく歴史上一級の人物とされるこれらの人々から、彼らが生きていた時代では、これまたまちがいなく彼らよりは地位が上で、閣下と呼びかけられても当時の人々ならば不思議にも思わなかった、ヴェネツィア共和国大使ダニエル・ドルフィンの名を知る人は、よほどヴェネツィア史に関心の強い人でないかぎりいないであろう。歴史は、それが起こった時点に立ち、同時代人の間に混じって眺《なが》めると、実に愉《たの》しいものなのである。

また、新興国家アメリカ合衆国を代表するのだから、現代から想像すると、なんとなく、血気盛んな若い世代に属する人々ばかりであったように思え、それに反して、歴史の舞台から去りつつあった老国ヴェネツィアを代表する人物となると、保守的でがんこな老人であったにちがいないと思うが、実際はまったく逆なのである。ジョン・アダムスは四十八歳だし、ベンジャミン・フランクリンに至っては七十歳を越えており、最も若いトーマス・ジェファーソンでさえも、四十歳に達していた。ところが、駐仏大使ダニエル・ドルフィンのほうは、三十五歳でしかなかったのである。そして、大使ドルフィンは、ただ単に若かったというだけでなく、保守的ではあったかもしれないが、決して、頭脳までが硬直した、悪い意味での官僚タイプに属する男ではなかった。彼は、本国政府の指示をあおぐために、友好通商条約を結びたいと申し入れてきたこの英文の文書を送った時に、外交官としての自分の意見も書きそえている。

「アメリカ合衆国は、将来、世界で最も怖《おそ》るべき力を持つ国家になるでありましょう」

大陸会議に参集した各州、などと言っても、たしかその当時のアメリカ合衆国は十三州でしかなかったと思うが、あの当時、旧大陸の人々の何人が、彼ほどの洞察力《どうさつりょく》を持っていたであろうか。ダニエル・ドルフィンの見事な革命前夜のフランス情勢の分析を読んだ後では、この予言も、単なるまぐれ当りとは思えないのである。彼は、アメリカの独立に関しても、次のような見方をしていた。

「大英帝国がアメリカの植民地を失った原因は、はじめの頃の植民地での反英的な動きに対し、冷静な見通しに立った一貫した方針に従って、対処しなかったこと以外には求められません。アメリカの独立運動は、はじめから本国からの完全な離反を目指していた、オランダの例と同一視することはできないと思います。

とはいえ、多くの革命の源をたどれば、それらが本国政府のたった一歩の誤りに端を発していたという例は枚挙にいとまがなく、歴史は、あいもかわらず今日に至るまで、その実例を示し続けていると思わずにはいられないのです」

二百年前の一ヴェネツィア外交官のこの分析が正しいかどうか、アメリカ史の専門家に聞いてみたいところである。

さて、ヴェネツィア共和国と友好通商条約を結びたいというアメリカ合衆国の申し入れのその後だが、ヴェネツィアの外交方針を決める機関であった元老院は、駐仏大使ドルフィンの勧めにもかかわらず、ただちに交渉に入るよう指令したわけではなかった。合衆国の使節たちに正式な回答をする前に、次のことを調査して報告せよ、と命じたのである。それは、これまでにアメリカとこの種の条約を結んでいる国、また、交渉に入っている国を調べることと、この条約と政治との関係を探れということであった。今日ではどうか知らないが、当時の外交上の常識では、友好通商条約を結ぶということは公式の外交関係を持つことを意味していたから、元老院の慎重な態度も、無理からぬ配慮であった。

これに対するドルフィンの報告から、当時アメリカ合衆国と友好通商条約を結んでいた国は、フランスとオランダとスウェーデンであり、交渉進行中の国としては、プロイセンとデンマークがあったことがわかる。また、これらの国々とアメリカとの間の条約が、ほぼ純粋に経済的なものであったことも事実らしい。それならば結んでもよいように思うが、ヴェネツィア政府は、結局、「ゴー・サイン」を出さずじまいだったのである。これを、ヴェネツィア人の活力の衰えと見ることもできるであろう。また、純粋に経済的な見方に立って、強力なライヴァルたちに伍《ご》して通商しなければならない不利を、考慮しての判断であったかもしれない。だが、当時のイギリスに対するヴェネツィアの外交に思いをめぐらせると、どうもこれは、イギリスに気を遣っての決定であったように思えてならない。当時のヴェネツィアは、東に進んで東南アジアと交易するのをもくろんでいたが、十八世紀末の東南アジアを支配していたのは、大英帝国であったからである。そして、当時のイギリス人は、アメリカの独立を、認めはしてもやむをえず飲みくだした、苦い飲物のように思っていたのであった。

それにしても、この条約が実現しないで終ったのは、歴史を愉しむ者としては残念でならない。私の書棚《しょだな》の左はしに並んでいる、国別に整理されたヴェネツィア大使たちの報告文集の一冊を手に取り、偶然に開けたページを眼《め》で追っていくだけで胸がドキドキしてくる。歴史の第一級史料を読んでいるからというだけではない。この中に、ヨーロッパがすべてあると感じるからである。

A History of British Secret Service という本を読んでいたら、情報収集と外交とは切っても切り離せない関係にあって、その意味での近代外交は、十三世紀のヴェネツィア共和国にはじまる、と書いてあった。合衆国との条約が結ばれていたら、アメリカ駐在ヴェネツィア大

使も実現していたであろう。そして、正確で緻密《ちみつ》で冷静な洞察力に富んだ報告を、五百年もの間送り続けてきた彼らのことである、新大陸から送る情報も、同じであったにちがいない。二百年後のわれわれには想像もできないような、誕生直後のアメリカ合衆国の実情を、あたかも眼前にするように、見せてくれたにちがいないのである。

第二十六話 国破れて……

盛者必衰《じょうしゃひっすい》は歴史の理《ことわり》なれば、私は別に、ナポレオンを非難しようとしているわけではない。ヴェネツィア人とて、一二〇四年には、第四次十字軍に便乗して征服したビザンチン帝国の首都コンスタンティノープルから、価値あるもののほとんどを、ごっそり故国に持ち帰ったのである。要は、破壊や焼却によって、人類全体の財産と言ってもよいこれらの品が、失われなければよいのだ。持主が変ったってかまわない。なるべくならば誰もが見られる場所に、ちゃんと保存されていさえすればよいのである。

ヴェネツィア共和国がナポレオンによって滅亡したのは、一七九七年である。ナポレオンは、征服地にあるものはすべて戦利品と考えていたので、フランスに持ち帰る品々を選択させた。この時、造船所内にあった船も武器も、国庫の中身も、もちろんごっそり持ち去られたが、ここでは、芸術品だけに話をかぎることにする。なぜなら、それらの品々の詳細な目録が現存するからである。

この目録を見ていると、占領軍の中に、この面での選択眼では実に優れた人物がいたような気がしてならない。ヴェネツィアにある芸術品すべてをフランスに移動するわけにはいかないから選ぶ必要があったのだろうが、持ち運びが可能という条件があったにせよ、なかなか巧妙に選んでいる。いかに優れた選択眼の持主でも、フレスコ画を移動できないのは当り前の話だから、絵画では、テーラと呼ぶ画布に描かれたものが中心だ。

ただし、面白いのは、十八世紀末の当時ではまさに〝現代絵画〟であった、ティエポロ、カナレット、グァルディ、ロンギの絵には、ナポレオンの〝文化顧問〟は、一顧だにしていないことである。これらヴェネツィアの一七〇〇年代の画家たちの絵は、そのほとんどが居間に飾るのが適当なほどの大きさで、持ち運びという点からすればよほど有利であったにちがいないと思うのに、一点も選ばれていない。戦利品としてフランスまで運ばれる栄に浴したのは、やはり、ルネサンスのヴェネツィア派絵画の盛期であった、一五〇〇年代の画家たちの作品であった。

「目録」は、次のようにはじまる。私に追跡調査が可能であった作品だけは、それも記すことにする。

絵画部門

ヴェネツィア

聖《サン》ジョルジョ教会にあった、

「カナの饗宴《きょうえん》」パオロ・ヴェロネーゼ作――現在ルーヴル美術館蔵。

聖ジョヴァンニ・エ・パオロ教会の、

「レヴィの家の宴」パオロ・ヴェロネーゼ作――一八一五年のルイ十八世による王政復古でヴェネツィアに返還、現在はアカデミア美術館蔵。

「聖ピエトロ・ドメニカーノの殉教」ティツィアーノ作――これも返還、ただし、その後焼失。

聖マルコ寺院からは、

「トルコ人の手から奴隷を救い出す聖マルコ」ティントレット作――これも返還、アカデミア美術館蔵。

元首官邸《パラッツォ・ドゥカーレ》より、

「聖マルコと他の聖人たち」ティツィアーノ作――返還なく、ルーヴル美術館蔵。

「電光で悪徳を撃つユピテル」パオロ・ヴェロネーゼ作――ルーヴル美術館蔵、ヴェネツィアのもとの場所にあるのは、コピー。

「宗教の三つの美徳、信仰、希望、慈悲」パオロ・ヴェロネーゼ作――現在ルーヴル美術館蔵。

「ヨーロッパの誘拐《ゆうかい》」パオロ・ヴェロネーゼ作――フランスから返還後は、以前と同じく元首官邸にある。

「ヴェネツィアに富を降らすジュノー」パオロ・ヴェロネーゼ作――これはフランスからべ

ルギーに贈られたのを、ベルギーがヴェネツィアに返してくれたので、現在は元首官邸に所蔵。

「聖母と元首」コンタリーニ作。

聖セバスティアーノ教会所有であった、

「シメオンの家のイエス・キリスト」パオロ・ヴェロネーゼ作――トリノのサバウダ美術館に同名のものがあるが、それがフランスに持ち去られたものと同じものかどうか、不明。

カリタ組合から、

「ラザロの復活」バッサーノ作。

マドンナ・デル・オルト宗団からは、

「聖ロレンツォ・ジュスティニアーニと聖者たち」ポルデノーネ作。

「総督の息子に許しを乞《こ》う聖アグネーゼ」ティントレット作――後にヴェネツィアに返還、もとの場所に。

聖ザッカリーア教会からは、

「聖母子と聖カテリーナ」パオロ・ヴェロネーゼ作――一八一五年に返還、現在はアカデミア美術館蔵。

「聖母とヴァイオリンを弾く天使」パリス・ボルドン作。

聖マルコ組合から、

「元首に指輪を捧《ささ》げる漁夫」ジョヴァンニ・ベッリーニ作。

イエズス会宗団からは、

「殉教者聖ロレンツォ」ティツィアーノ作――返還後、以前の場所に。

ヴェローナ
聖ゼノーネ教会からは、アンドレア・マンテーニャの大作の祭壇画をごっそり。

これは、上段の左から右に、

「使徒ペトロ、パウロ、福音書のヨハネ、ゼーノの諸聖人」

「玉座の聖母子と九人の天使」

「ベネデット、ロレンツォ、グレゴリオ、洗礼者ヨハネの諸聖人たち」

と並び、下段になると、左から右に、

「果樹園での祈り」

「キリスト磔刑《たっけい》」

「キリスト復活」

と連なって、祭壇画特有の重量豊かな額ぶちを除いて、画面の大きさだけでも、高さ三メートル、横が三メートル半もあるのだが、この六つの木版画を額からはずしてフランスに持ち去ったのであった。しかし、一八一五年に返還されたのは、上段の三つだけで、六つで成り立っている祭壇画であるためにやむをえず、下段の三つはコピーを作って、なんとか形を為《な》させたのである。ちなみに、フランスが返してくれなかったので作ったコピーは、他のものもみな、一八〇〇年代に制作されている。フランスに残された下段の三つの絵の落ちつき先は、

「果樹園での祈り」――トゥールの美術館。

「キリスト磔刑」――ルーヴル美術館。

「キリスト復活」――トゥールの美術館。

下段の絵といっても、各々《おのおの》高さ七〇センチ、横が九二センチもあるのだから、独立した絵としても充分に鑑賞可能なのである。それどころか、宗教画としてでなく芸術的な価値からいえば、フランスに残った三つのほうが、マンテーニャの特色が生かされつくした傑作である。フランス側には、接収時にも選択眼の持主がいたようだが、返却の際にも、鑑賞眼のある誰かが、フランスに残すものとヴェネツィアに返却するものの選別をしたのではなかろうか。

一八一五年にフランス側がいくつかを返還してきたのは、なにも一七九七年時の前非を悔いてではない。ナポレオンの失脚とそれに続いた王政復古で、当時のフランスには、ヨーロッパの大国オーストリアとの間に、友好的な関係を保つ必要があったのである。そして、ヴェネツィアは、一八一五年から、オーストリア帝国領に組み入れられたのだ。ヴェネツィアに返還されたしとの要望は、オーストリア側から出されている。フランス側が、その情況下

で、残せる範囲内にしてもなるべく良質の作品を残したいと思ったとて当然であろう。再び、「目録」にもどると、

ベヴィラックァ家より、

「天国の絵の素描」ティントレット作——現在ルーヴル美術館蔵。これは、フランスに持ち去られる十一年前に見たゲーテが絶讃《ぜっさん》したものだが、ゲーテの推薦がなくても、ヴェネツィアにある本画よりも、この素描のほうが段ちがいにすばらしい。

「女と泣いている少年の肖像」パオロ・ヴェロネーゼ作——ルーヴル美術館蔵。

「聖母子と四人の聖者」パオロ・ヴェロネーゼ作——フランスのディジョン美術館蔵。

「聖ジョルジョの殉教」パオロ・ヴェロネーゼ作——返還、ヴェローナの聖ジョルジョ教会蔵。

「病人の頭上で聖書を読む聖バルナバ」パオロ・ヴェロネーゼ作——ルーアンの美術館蔵、ヴェローナの聖ジョルジョ教会にあるのはコピー。

「聖母昇天」ティツィアーノ作——返還。現在はヴェローナのドゥオーモに。

彫刻もごっそり接収したのだが、その中で、返したくなくてもあまりに有名で返さざるをえなかった作品を、一つだけあげるにとどめる。聖マルコ寺院の正面を飾っていた、青銅の四頭の馬である。パリの凱旋門《がいせんもん》の上に飾られていたこの馬たちも、十八年ぶりにヴェネツィアに帰ってこれたのであった。と言ったって、ヴェネツィアも、六百年前にはコンスタンテ

ィノープルから接収してきたのだが。

この馬には伝説がある。この四頭の馬が飾られた国は、必ず滅亡するという伝説である。ローマ、ビザンチン、ヴェネツィア、そして、ナポレオンの帝国と。フランス人は、それを知っていて返したのかもしれない。

第二十七話　西方の人

取り上げる地域や時代から、著者の私もまたキリスト教徒であろうと想像している人が多いらしい。ところが私は、キリスト教にかぎらず他のどの宗教でも、信者であったことはない。

だが、もしも私が、あのまま日本に留《とど》まり続けていたならば、クリスチャンになっていたかもしれないと思うときがある。神がいない日本では真の倫理は存在しえないとか、それに類する言辞は、若い私の心の中に、信仰を持つ人のほうが持たない者よりも、よほど上等に出来ているのではないかという、ある種の後ろめたさを感じさせていたからだ。当時の私にとって、キリストは、西方の人であった。それが、ローマに住みはじめてから、西方の人ではなくなってしまったのである。

ヴェネト通りの近くに住んでいた頃《ころ》、一人の娼婦《しょうふ》と友だちになった。名を、マリアといった。美しい女だった。イタリアでは、女神ジュノーのようなという意味で、古代彫刻によくある堂々とした肉体の女を、ジュノーネと形容する。マリアも、まったくジュノー的な肉体の持主で、黒髪にふちどられた顔も、古典的だが冷たくはなく、テルメ美術館にあるジュノーが生きて歩いているかのようだった。

ヴェネト通り界隈《かいわい》の娼婦は、ローマでも最も高い。そのうえ、彼女にはヒモがいなかった。ヒモなど必要とする女はだらしがないと、彼女自身が言っていた。職場は、街路上ではない。音楽も聴かせるバアに出勤して、そこで客を待つのである。彼女には常連の客が多かったから、自分の家に待機していて電話で依頼を受けることもできたと思うのに、やはりこのようなことは、あらかじめ予定を立てて行動するというのでは具合が悪いのだろう。予約は、常連の客の一人が、息子が年頃になったから頼む、という類《たぐい》のものが多かった。

最高額を払わせ、そのうえヒモにかかる費用もゼロなのだから、マリアの稼《かせ》ぎは、相当なものであったと思う。だが、彼女には、明確な目的があった。生れ故郷の村に帰って、煙草《たばこ》屋兼バアを開くための資金集めなのだ。イタリアのバアというのは、酒だけでなくコーヒーも菓子も置くちょっとしたなんでも屋なのだが、煙草も売れると客が定着するというのが、彼女の持論だった。

金《かね》を集めるためにこの職業についたマリアだが、日曜もなしに稼ぎまくるなどという、非人間的なことはしない。日曜は、どんな大切な客の頼みでも仕事はしなかった。朝、いつもの時刻に朝食をとると、その後は私に付き合う。聖《サン》ピエトロ寺院の近くで毎日曜朝開かれる音楽会を聴きに行くのが、私たちの習慣になっていた。昼の音楽会は普通午後三時頃からはじまるが、ここでは聴衆の次の予定を考慮して、朝の十時にはじまり、正午少し前に終る。いつも一番安い天井に近い席で聴く私に、音楽はカンツォーネしか知らない彼女は、嫌《いや》がりもせずに付き合ってくれた。

しかし、これが終ると、今度は私が彼女に付き合う番である。音楽堂からほど近い聖《サン》ピエトロ広場で正午きっかりにはじまる法王の祝福を受けるのが、娼婦マリアには欠かせない、一週間で最も大切な行事になっていたからである。

ただ、毎日曜の法王の祝福を欠かさないマリアには、その一週間に犯した罪ほろぼしのためという様子は見られなかった。聖ピエトロ広場の石畳にひざまずく彼女は、いつも堂々と晴れやかで、その隣りにひざまずき、はるか高い窓から祝福をさずける法王を見上げている尼僧《にそう》と、まったく同じ顔つきをしていたのを思い出す。

キリスト者であろうとなかろうと、ローマに旅する日本人が教会を訪れ、その豪華さに唖《あ》然《ぜん》として、このようなところは神の住まいにふさわしくない、と書いているのを読むたびに、私は怒りを感じた。カトリックの教会は、神の家であると同時に、それを信ずる人々の家なのである。その家を、より美しく飾ってなにが悪い。中世では、祈りの場であるとともに社交の場であり、教育の場でもあったのだ。私は、コキュにさえも守護聖人をつけてやった、ローマを通過することで変ったこの宗教を、愛しはじめたようであった。

ルネサンス時代を書くようになってから、ヴァティカンの古文書庫に通うことが多くなったが、ある時、廊下で法王に出合った。法王とはしばしばすれちがってはいたのだが、いつもは廊下のわきに立って、通り過ぎる彼に目礼しただけなのである。それが、その時は、私が法王庁で調べる便を計ってくれた司教が一緒で、その司教が法王に、ルネサンス時代の法王たちについて勉強していると、私を紹介したのだった。『神の代理人』を書いていた頃である。パオロ六世と私の間には、次のような会話が交わされた。

「本はいつ頃刊行されるの?」

「今は月刊の雑誌に書いています。本になるのはその後です」

「その雑誌の名は、なんと言うんですか?」

中央公論と答えた私に、法王は言った。

「チュウオー・コウロン、どういう意味?」

私は困ったが、まあ、右でも左でもない中立の立場を貫く、という意味でしょう、と答えた。それに、パオロ六世は、こう言ったのである。

「日本人は、それが可能だと信じているのですか?」

後に連れの司教が語ったところでは、その時の私は、ひどく愉《たの》しそうな顔をしたそうだが、私は、こう答えた。

「少なくとも編集長は、信じてはいないようです。それで、右も左も一緒に載せることで、伝統を継承しようと思っているようで」

「なるほど」

口の端に微笑を浮べたのは、今度は法王のほうだった。

法王庁ほど頭の良い男たちが多く集まっている組織を、私は他に知らない。『神の代理人』を書くうえで最も役に立ったのは、古文書庫よりも、あそこに日参していた時期に知り合った、高位の聖職者たちではなかったかと思う。

しかし、個人ではいかに魅力豊かな人々でも、集団となるとちがってくる。イタリアのためには法王庁などスイスへ移転願ったほうがよい、と言ったマキアヴェッリの時代とは影響力の質は変っても、法王庁の存在がイタリアにとって、歓迎すべからざる面のほうが強かったのではないかという思いは、二十世紀も末の今日でも変っていない。この国では、政教分離を明確にする政党は、どうしても多数派になれないのだ。戦後のイタリアの政治を支配してきたのは、名だけを聴いただけでも立場のすぐにわかるキリスト教民主党と、別の意味ながらはなはだ宗教的な、共産党だけである。これによる弊害は、もともと合理的な判断力の持主であるために、これらの党とは関《かか》わりを持つことを好まないテクノクラートたちを、イタリアの政治経済に活用できなかったことだった。

離婚法でも堕胎法でも、法王庁はそれらがイタリアで実現するのを、あらゆる手を使って阻止しようとした。私個人は、キリスト教徒でなくても、子供や身体への否定的な影響から、このどちらもなるべく避けたほうがよいと思っている。しかし、やむをえずこれらに訴えねばならなくなった人を、非合法の名で裁かねばならないとは思わない。信教上の理由で豚を食しない人を夕食に招く際、豚肉を使った料理は供しない。だが、私が一人で豚カツを食べているところに侵入してきて、

「おまえも豚を喰《く》ってはならぬ」

と言われたら、憤然とするであろう。しかし、この種の問題は、今日でも決して解決されつくしてはいない。神と悪魔を分けたがる善男善女は、宗教にかぎらず、あらゆる分野に健在ではないか。

長い間、私の宝飾箱には、十字架が一つしまわれていた。今では枢機卿《すうきけい》になった人から、十何年も前に贈られたものである。おそらく彼は、姉がずっと身につけていたというこの十字架を贈ることによって、私が信仰を持つよう願ったのかもしれない。それでもこの人は、私と会うたびに結果が良好でないのがわかっても、おだやかな微笑を浮べるだけなのだが。

それでも、ルビーの粒が十字を象《かたど》り、それが合うところにダイヤの輝いている女持ちのこの品を、私はとても気に入ったのだが、一度も身につけたことはなかった。宝飾と思って使

えばいいのだと思って取り出すが、結局箱にもどしてしまう。十字架は信仰の証《あか》しを示すものので、信仰を共にしない私が使っては、その人達の心を踏みにじることになるのではないかと思うからだ。それが、最近になって、この品の持主にふさわしい人を見つけた。私の作品の一つを点字に訳した人である。このように大変で地味な奉仕には、信仰は大きなささえになるのであろう。私が持っていてもいつまでたっても陽《ひ》の目を見そうもない品も、ついに持主を得たというものである。

第二十八話　スパイについて

ヴェネツィア共和国は、国家規模において、情報収集の重要さに最初に目覚め、それを恒久的に組織した最初の国家ということになっている。ブルクハルトも、『イタリア・ルネサンス文化』の中で、こう書いている。

——遠国に住む自国民に対して、ヴェネツィア共和国ほど強大な道徳的影響力を及ぼした国家は、かつてなかったであろう。

例えば、元老院の中に裏切り者が出たとしても、他国にいる一人一人のヴェネツィア人が、自国の政府にとってはスパイであり、またありえるということによって充分につぐなわれてきた。ローマに滞在するヴェネツィア出身の枢機卿《すうきけい》が、法王の主宰する秘密の枢機卿会議で話し合われたことを、いちいち本国政府に通報した史実は、その一例にすぎないのである

——

なにやら、ひと昔前の、海外に駐在するイギリス外交官は全員がスパイであった、という伝説や、この頃《ごろ》の、ソ連人は航空会社勤務の者に至るまでスパイである、という話を想起さ

せるではないか。

しかし、ヴェネツィアのスパイたちは、これら後世の同僚に比べて、冷静で緻密《ちみつ》な観察力では同じでも、陰険でおぞましい印象を与えないと思うのはなぜだろう。彼らの奉仕した国家が、維持する国体もなく、また、拡張すべき主義主張も持たず、ただ単に、通商を効率良く進めていくために、彼らを必要としたからではなかろうか。経済大国ではあっても、軍事大国であったことは一度もなかったヴェネツィア共和国にとって、敏速で正確な一情報は、時には、合戦での勝利以上の利益をもたらしたのである。

ただし、ここでは、ヴェネツィア共和国のCIAの全容を伝えるのは、紙数からも無理である。それで、海外情報担当のスパイに比べればはるかに地味な、国内での情報の収集が仕事であったスパイたちの報告を、それもごく一部だけを紹介する。この種の情報の量が飛躍的に増えたのは十八世紀。この世紀の終りに、ヴェネツィアは滅亡した。

「フランス大使と、聖アルヴィーゼ尼僧院《にそういん》の尼ドンナ・マリア・カンディダ・カナールとの間の親密さは、あいかわらず続いています。カナール尼の僧院内での行動は完全に自由で、それには裏に、なにか協定でもあるように思われます。フランス大使は、尼僧院長とも知り合いで、先週など僧院の面会所で、長々と親し気に話しこんでいました」一七〇五年九月五日、無記名

「昨夜、フランス大使は、大使公邸で、騎士や婦人方を招き、器楽演奏会と夕食の催しをしました。法王庁派遣の大使とスペイン大使はいましたが、オーストリア帝国大使は欠席です。卓の最も広いほうには、プッァディーナ侯爵《こうしやく》夫人が、両大使の間に坐《すわ》り、両大使とも、夫人にひどく丁重に対していたようです。

夕食の内容は、豪勢と言えるものではなく、十六種の料理が二度供じられただけで、フランス大使の子息が坐っていたもう一つの卓では、料理の種類は八種、その他の卓では五種でした。

照明は、三つの部屋ともわずかで、八本の細い蠟燭《ろうそく》を灯《とも》した燭台《しょくだい》が十台で全部。一本の蠟燭の値段は、八リラを越えないでしょう。この貧しい夜会の最後は、陽気に聖ルイ王への乾杯で終りました」一七三六年八月二七日、カイモ・アントニオ

「昨日、聖ロレンツォ尼僧院で二人の尼の世話をしているアントニアを、わたくしの家の昼食に招《よ》びました。二人の尼とも貴族出身で、リーナとバルバラ尼の二人です。

この女は、二カ月前よりリーナ尼の召使をしていますが、その前は、スグァルダが世話をしていたのです。それが、尼僧院長の命で解雇され、アントニアが代わりになったという次第です。解雇された時に、リーナ尼と、この尼僧と親しいフランス大使の両方から、相当な額の金《かね》を得たとのことです。

リーナ尼は、ある夜など尼僧院から出て、大使と会ったことさえあるとかで、その間をと

りもった女はザネッタという名で、尼僧院で働く女の娘で、結婚しています。迎えにくるゴンドラ漕《こ》ぎも、いつも同じ男で、この密会に力を貸した人々は、みな大使から充分すぎる報酬を得ており、ザネッタなど、貧しかったのが、今では大変な物持ちになったと言います」

一七三六年九月二二日、カイモ・アントニオ

「法王庁大使は昨夜から、熱を出して寝こんでおります」一七三七年二月八日、無記名

「法王庁大使は、明日は外に出られるであろうと望んでいます。しかし、今年の謝肉祭には、仮装で出歩くことは無理だろう、とも言われました」一七三七年二月二〇日、無記名

「昨日は土曜日でしたが、フランス大使公邸では、オリーヴの実と野菜しか食しませんでした。と言うのは、魚市場で適当な魚を買えなかったからです。しかし、大使だけは、いつものように肉を食べましたが。執事が風邪で寝こんでいるので、買物には料理人のムッシュー・ピコが行ったのですが、魚がなく、そこで彼は大声で言ったものです。

フランスのほうが、よほど政治が行きとどいている。フランスならば、この時刻にはすでに、自分たちの好きなようにする漁師など、さっさと首つりの刑にしているにちがいない。ヴェネツィア人は、うやまわれるすべを知らない。それには仁慈など必要なくて、フランスでのように、犯罪さえ明らかならば、裁判もなしにただちに処刑するのが一番なのだ。

これには、そこに居た人々も、聖マルコの監督官さえも魚を食べられなくても文句は言わないと、驚きあきれたものです」一七三七年八月二八日、無記名

著者注＝聖マルコ監督官は、ヴェネツィアでは、元首に次いで名誉ある職とされている。

「法王庁大使公邸では、昨日は魚がなく、ようやくすずきを一尾買えたのですが、それも生きが悪く、結局、煮野菜を食べざるをえませんでした。野菜の嫌《きら》いな者は、絶食するのを選んだほどです」一七三七年八月二八日、無記名

「昨日、ナポリ王国大使フィノキエッティ伯爵《はくしゃく》の屋敷で、豪勢な昼食会が催されました。招待客は、法王庁大使、スペイン大使、フランス大使、スコッティ侯爵、ムッシュー・ル・ブランにザネット・カターネオ僧です。スペイン大使とフランス大使の二人は、この席上、ドン・フィリッポがイタリアへ来るのに、ピエモンテからの道を通るのは疑いもないことだと話し、スペイン大使は、この皇太子を出迎えに行くのに最も適切な道は、ベルガモを通る街道だろう、と言いました」一七四三年九月七日、アダベルティ

著者注＝ベルガモ近辺は、当時ヴェネツィア共和国領。ザネット・カターネオなる僧は、当時、ヴェネツィア駐在の各国大使たちの顧問のような立場にあった人物で、大使たちとヴェネツィア政府との間をつなぐ、重要なパイプとされていた。この人物も、ヴェネツィアのCIAの一員。

「貴族ドメニコ・クエリーニは、ほとんど毎日、二人のブレッシア出身の女と、聖ジェレミア区の彼の屋敷で、長い時を共に過ごしております。この女たちは姉妹で、音楽に巧みで、姉の名はメネギーナ、妹は、ドミティッラと言います。

この屋敷には、オーストリア大使も出入りしていますが、わたくしが見張りをおこたらなかったにしても、クエリーニと大使の二人が、この家の中で一緒であったと証言することはまだできません。彼らは互いに、別々の時刻に来て、他の一人が来る前に出ていくからです。大使はしばしば、妹のほうをゴンドラに乗せて、自分の屋敷に連れ帰ることがあります」一七四七年八月三一日、ファレッティ・フランチェスコ

「貴族マーカントニオ・ドナは、つい最近ヴェネツィアにやってきた、モスクワ生れのロシアのバレリーナで、イレーネと呼ぶ女と親しくしております。この女は、カッレ・ディ・オルビに住んでいて、劇場へ行くのにもどこに行くのにも、この二人は常に一緒です。ドナは、ヴェネツィア貴族の家での舞踏会に、この女をよく連れて行きます。ある時など、一人のドイツ士官がこの女と親しくしすぎたという理由で、ドナが士官につかみかかり、近くにいた人々の制止で、大事に至らないですんだという事件がありました」一七六二年、ファブレッティ・フェリーチェ

まだまだ後が続くが、紙数がつきたのでここまでにしておく。別にヴェネツィア政府を弁護するつもりはないが、十八世紀のヴェネツィアは、中立国であったということだけは記しておきたい。第二次大戦中のリスボンと同じで、当時のヴェネツィアは、各国のスパイたちの入り乱れる舞台であったのだ。

それにしても、食い物にまで眼《め》を光らせていたとはたいしたものである。もちろん、他国のスパイに眼をつけられそうな弱味を持った、自国の貴族たちの監視も怠りがなかった。そして、ヴェネツィアＣＩＡ要員の多くは、けっして００７のようにイカす男ではなく、会った人がただちに信頼感をいだきそうな、誠実な風貌《ふうぼう》の持主を第一条件にして、選ばれたと言われる。

第二十九話 再びスパイについて

ヴェネツィア共和国の市民権を持っていた者の中で、最も有名な人物は、やはりマルコ・ポーロであろう。日本でアニメになるくらいだから、知名度では、他の同朋《どうほう》たちを完全に圧している。その彼に続く人物となると、カサノヴァではなかろうか。このイタリアン・ラヴァーの先駆者は、有名である理由からしてちょっとアニメにはなりにくいにしても、日本のどこかに、カサノヴァという名のバアぐらいはありそうな気がする。

マルコ・ポーロが、フビライ汗の許《もと》で諜報《ちょうほう》活動に従事していたかいなかったかという問題はここでは措《お》くとして、カサノヴァのほうは、スパイをしていた時期が確かにあった。

ジャコモ・カサノヴァは、一七二五年、両親とも俳優の子として、ヴェネツィアに生れている。五人兄弟の一人ぐらいは安定した職業にと両親が望んだのか、ヴェネツィアのセミナリオに入ったのだが、そこでしてはならないとされていることをしたあげく、セミナリオから追放されただけでは済まず、リドの城塞《じょうさい》の牢《ろう》に入れられた。牢を出てまもなく、ローマへ行った彼は、枢機卿《すうきけい》の秘書になり変ったのはいいが、ここも、刑事事件に連座してクビにされる。その後しばらくの間は、故国ヴェネツィアの陸軍にもぐりこんでいたが、まもなく軍服も捨て、二十歳の頃《ころ》は、ヴェネツィアの聖サムエル劇場のヴァイオリン奏者をしていた。この時期、元老院議員ブラガディンの養子になっている。なにやら、この貴族には、金銀を人工的に造る方法ありとか言って騙《だま》し、だいぶみつがせたらしい。ヴェネツィアを去り諸国放浪の旅に出たのは、カサノヴァ、二十五歳の年であった。

パリ、ドレスデン、プラーハ、ウィーンの滞在の後にヴェネツィアにもどった彼は、三十歳の年に、フリー・メーソンのメンバーであること、背教者、山師であることなどの疑いで逮捕される。超国家主義のフリー・メーソンは、当時のヴェネツィアでも他のヨーロッパ諸国でも、危険思想とされていたからであった。牢に入れられていた期間は、十五カ月。脱獄に成功して後はまずパリに行き、その後はまたも諸国を渡り歩き、精力的にあらゆることに手を出すことになる。もちろん、彼を生涯《しょうがい》魅了した、女と賭事《かけごと》に精力を費やすのも怠りなく、ロンドンではジョージ二世と、ベルリンではフリードリッヒ大王と、ペテルスブルグではエカテリーナ二世と親しくなったりしたから、彼にとっては得意絶頂の時期であったろう。しかし、この種の得意がそうも長く続くわけがなく、尾羽打ち枯らして祖国にもどったのは、彼が四十七歳の年であった。

ただし、ヴェネツィアにすぐにもどれたわけではない。法の国ヴェネツィア共和国は、十五年前の脱獄囚を忘れなかったからである。そこで、カサノヴァは、得意の人心懐柔術を駆使した結果、属領のトリエテ駐在の領事を動かすのに成功した。この男を通して、十五年前に彼を逮捕した国家審問委員会に、罪を時効にしてくれと願い出たのである。多分、カサノヴァの犯した罪は、国家審問委員会からすれば、妥協の余地などまったくない大罪というのでもなかったのであろう。ヴェネツィア本国で諜報活動に従事するという条件付きで、時効は認められた。

国家審問委員会というのは、十六世紀初頭、一都市国家でしかないヴェネツィア共和国が、西欧の大君主国連合を敵にまわして戦った、世に言うカンブレー戦の敗戦を機に創設された機関である。この戦いをはじめてしまった原因を、当時の情報収集の不完全さと、それに基づく外交の誤りにあると見たヴェネツィアは、この二つともを担当していた十人委員会では不充分と考え、情報収集だけに専念する機関として、国家審問委員会を創設したのだった。

構成委員の数は三人。二人は十人委員会からの出向で、残る一人は、六人の元首補佐官のうちの一人が選ばれる。任期は一年。もちろん、終身制の事務官僚体制がととのっていたことは言うまでもない。また、「十人」委員会と言っても、実際は、十人の委員に元首と元首補佐官六人で構成されていたから、国家審問委員会は、十人委員会の中の小委員会のようなものであった。こうすることによって、新機関創設にともなって起りがちな、機関別の縄張《なわば》り争いの種を未然に防ぎ、同時に、双方の委員会の活動が無駄《むだ》なく行使されるシステムにもなっていたのである。

もともと併立して行動しなければならなかったはずの国家審問委員会のほうが、十人委員会を越える権力を行使し出したのは、十八世紀に入ってからである。国力の衰えが決定的になってからのヴェネツィアは、外へ向って積極的に動くよりも、内を固める傾向が強くなったからであろう。国家審問委員会が、外交を進めるための情報収集の機関から、警察国家の元じめのような機関に変ったのも、その結果であった。

国家審問委員会所属の諜報員、つまりスパイたちは、あまり目立たない言動をする者で、一見ひどく信頼の置けそうな風貌《ふうぼう》の持主が選ばれることになっていたが、適材適所という条件も重視されていた。例えば、各国からヴェネツィア共和国に派遣されている外交官たちをスパイするのは、上の方では、これら外交団とヴェネツィア政府を結ぶパイプ役をしていた僧カターネオ、下部の事情については、召使たちの斡旋《あっせん》業者という具合である。商人世界の情報収集には、それに属する商人を、ユダヤ人社会をスパイするのは同じユダヤ人、もちろん、国政を担当する貴族社会をスパイする者も欠いてはいなかった。名門コルネール一門に属しながら、経済的に恵まれない人物である。また、フランスから発して当時の西欧をゆるがしていた新思想の、ヴェネツィアへの浸透状態を監視するスパイもいた。外国滞在も長く、そういう新思想の持主たちとも親しかったカサノヴァが担当させられたのは、この最後の部門である。また、堕落した風俗にくわしいという彼の特技も活用されて、その方面での情報収集も仕事になっていた。このカサノヴァのスパイぶりを、二つばかり紹介する。

「聖モイゼ区に、人の言う画家たちのアカデミアという区域があり、そこでは、画学生たちがデッサンを勉強する集まりが持たれています。モデルは、男である夜もあり女であることもありますが、常に裸体でモデル台に立ちます。月曜の夜のモデルは、女でした。ここに集まる画学生の中には、十二か十三にも満たない男子もいて、これは、デッサン勉強というよりも、女体への好奇心のためであると思います。しかも、この集まりは、夜の一時にはじまり、三時まで続けられるのです」一七八一年一一月一六日

昔のことも忘れて、カサノヴァも、ずいぶんとモラリストになったものである。

「ようやくにして、委員閣下殿よりの御依頼に応《こた》えることができ、共和国の忠実な市民であるわたくしとしては、これ以上の喜びはありません。

ヴェネツィア内の書店に見られる危険思想の書物の数は、驚くほど多く、また、それをすでに所有している人々も、各階級を通じて想像以上に多く、これは、人々の好奇心の強さと、流行に弱い傾向と、これらに加えて、偏見のない思考と深い知性を示す証拠と思われます。委員閣下方のためにそれらを列挙しますと、ヴォルテールの作品の人気は高く、その中でも、『歴史哲学』『哲学辞典』『教会法辞典』『百科全書所蔵』が人気があるようです。ルソーの作品としては『エミール』があり、これは、無信仰思想のかたまりです。他には『新エロイーズ』があり、ルソーはこの中で、人間は自由の審判者である資格を持たないと断じています。

この他に、反宗教的というよりも、宗教を侮蔑《ぶべつ》した書物も多く見られ、そのほんのいくつかをあげるだけでも、『寝巻姿の尼僧《にそう》』『修道院の門番』などがあります。もちろん、この他に、もっとひどい書物、エロティックな、書店では店頭に出さないで、裏でしか売らない書物も多いことは言うまでもありません。

これらの書物を多く所有している貴族は、アンジェロ・クエリーニ、騎士のカルロ・グリマーニ、それに、騎士エーモも、はずすわけにはいきません。名前を列記しはじめると、それだけで長文の報告書ができそうです」一七八一年一二月二二日

ただし、彼から告げ口されたこれらの人の中で、一人も告訴されたという事実がないから、ヴォルテールやルソー、またエロティックな本を持っていても、まずは黙認というのが通常であったようである。男女のヌードをデッサンする集いにも、閉鎖命令が出されたという事実はない。「ヴォルテールが言うはずである。「ヴェネツィアには、個人の自由への絶対の自信が存在した」と。

有効であったかどうかはともかくとして、一代の遊蕩児《ゆうとうじ》カサノヴァのスパイ業も、八年余りで廃業になる。小説の中でグリマーニを風刺しすぎて、この貴族から名誉棄損で訴えられ、もう一度牢入りするよりはと、国外逃亡のほうを選んだからである。三年後、ボヘミアのワルトシュタイン伯の城で死んだ。彼の仕事は、伯の秘書兼図書室係であった。そこで、有名

な『回想録』を書く。と言ってもこの自伝は、スパイになる前で終っている。この時期のカサノヴァは、フェッリーニの映画では、最も素晴らしい描写で描かれていた。

第三十話　レオナルド、わが愛

先日、グラビア撮影のためにフィレンツェを訪れたカメラマンが、こう言った。

「塩野さん、レオナルド・ダ・ヴィンチの伝記を書きませんか。きっと売れますよ。いや、絶対に売れます」

このカメラマンに言わせると、日本ではレオナルドに関するものならば、なんでも売れ行きが良いのだそうである。常日頃《つねひごろ》、十年間に売れる数が一年で売れたらどんなによいだろうと思っている私としては、これには心が乱れた。

ここフィレンツェでも、レオナルドの人気は他の追随を許さない。ホアン・ミロを持ってきてもヘンリー・ムーアの大展覧会を開いても、シケイロスで勝負してもピカソをかつぎ出してきても、観客動員数では、レオナルドの圧倒的な優位はびくともしない。中国ブームの絶頂期に催された支那《しな》工芸の展覧会さえ、マスコミを総動員しての左翼陣営の大応援にもかかわらず、勝敗は、レオナルドの数十枚のデッサンのほうにあがったのであった。レオナルドのこれほどの人気に続くのは、ミケランジェロのダヴィデぐらいのものであろう。

しかし、もしも私がレオナルドに特別な関心を持っていないのであれば、いかに売れると保証されたとて、心が乱れることはないのである。ところが私ときたら、昔から彼に惚《ほ》れこんでいるのだから困る。卒業論文も、ボッティチェッリを論ずるはずなのに、レオナルドのことばかり書いたものだから、これはなんですかというわけで、評価は「良」しかもらえなかった。

それほど惚れているのに、今に至るまで、彼の伝記を書いていない。これからも、おそらく書かないであろう。いや、レオナルド・ダ・ヴィンチだけは、書かないのではなく、書けないのである。

司馬遼太郎先生は、『波』誌上にこう書いておられた。

——何かを見たいというのが、私の創作の唯一《ゆいいつ》の動機かもしれません——

だが、私の場合はちがう。結果は同じことになるのかもしれないが、姿勢のようなものがまるでちがう。もしも誰かが私に、創作の動機はと聞いたら、モノにしたいからです、と答えるであろう。これと目をつけた男をなんとしても自分のものにしたいと決めた、女の気持に似ている。モノにしたい対象が、これまでのような個人であっても、今執筆中のような国家であっても、それに挑戦《ちょうせん》する私の気持にはまったく変りはない。だから、惚れたものしか書かない私だが、同時に、モノにできると確信が持てるものしか書かないのである。まだ書いてはいないが、マキアヴェッリもユリウス・カエサルも、書ける、という自信はある。同じように惚れていながらそれを持てない唯一の歴史上の人物が、レオナルド・ダ・ヴィンチなのである。最も売れるかもしれない作品が書けないのだから、しゃくにさわるけれど。

しかし、書けないと思うだけに、他の人物を書いていて彼にふれる箇所があれば、そういう機会は絶対に逃さなかった。最初にそれが訪れたのは、『ルネサンスの女たち』の第一部、イザベッラ・デステを書いた時である。イザベッラの許《もと》を訪れたレオナルドがさらりと書き流したデッサンが、現在ルーヴル美術館にあるものだが、イザベッラはデッサンだけで満足せず、レオナルドに本格的な肖像画を描いてくれと頼む。そのマントヴァ侯爵《こうしゃく》夫人の願いを、レオナルドはまったく無視してしまうのである。

私はそこを書いていながら、無視したレオナルドのほうが当然だと思った。イザベッラのような女に、レオナルドが肖像画を描くほど執着するはずがないと確信したからだ。さしたる美人でもなく、それでいて人からチヤホヤされるのが大好き、知性に長《た》けていることは確かでも、夫が浮気しても少しも取り乱さず、それどころかそういう夫を軽蔑《けいべつ》するほど可愛気《かわいげ》のない女ときている。しかも、知的サロンの女主人に共通している俗物性も充分にそなえており、「夢もなく、怖《おそ》れもなく」などという見事な一句をモットーにするくらいだから、夫の不在中に見事に一国を取りしきる政治的才能には恵まれていたけれど、まあ同性の友人としてみれば、そばにいられたらたまらないだろう、と思わせる女なのだ。『ルネサンスの女たち』に出てくる四人の女のうちで、イザベッラが最も良く書けていると言った人が多かったが、それは、彼女と私の性格が似ていたからであろう。私は同性には惚れないから、性格でも似ていないと上手《うま》く書けないのかもしれない。

だが、イザベッラ・デステのような女を愛することのできる男は、女の悪い面を充分に知りながら、それを諦観《ていかん》にも似た寛容さで許せる男でなければならない。反対に、同性愛の傾向を持つ男は、女に不寛容なのがその特色だ。となればレオナルドが、イザベッラのような女の肖像画を描き、しかも生涯《しょうがい》の最後まで持ち歩くほどそれに執着したとは、とうてい考えられることではない。有名なモナ・リザのモデルがイザベッラ・デステであったという説を主張する人がいるが、私には、肖像画依頼を無視し続けたというレオナルドのほうが、よほど真実の彼に近いような気がしてならない。

レオナルドの描いた女人像のモデル探しは、所詮《しょせん》、無用な努力だと思う。彼は、現実の女を描きはしなかった。それがいかに美しい女であろうとも、彼女たちはレオナルドにとって、彼が執拗《しつよう》にデッサンした筋肉や馬や通りがかりの老人となんら変りのない、単なる研究の対象でしかなかった。レオナルドは、彼の頭の中にあった、現実にはありえない女を描いたのである。現実の女たちは、彼には耐えがたい存在であったにちがいない。

たとえ一面にしても、レオナルドにふれねばならなかった第二の機会は、『チェーザレ・ボルジアあるいは優雅なる冷酷』を書いていた時であった。その中に、五十歳のレオナルドが二十六歳のチェーザレを訪ねる場面がある。そのままレオナルドは、一年間チェーザレの許にとどまって仕事するのだが、このことを、私が学生であった頃の日本の美術史学者たちは、レオナルドはそこで戦いに対する憎悪《ぞうお》しか得ないで去った、と評したのだった。

これは、その頃すでに私を納得させなかった。ルネサンス時代のイタリアでは、戦いは日常茶飯事だったのである。そういう時代を生きた人物を評するのに、現代のわれわれが戦争に対していだくと同じ感情を移入していては、正確な像を描けるはずがない。もしもレオナルドが、戦いというものを、ただ単に憎むべきものとしか見なかったのであれば、「アンギアリの戦い」のような傑作は生れなかったはずである。

しかし、学生であった私には、それを反証する史料がなかった。それが十年後に、チェーザレの布告を見出《みいだ》した時は、文字どおり狂喜したものだ。これは、チェーザレの領国内の長官、城代、隊長すべてに与えられたもので、全文を紹介すると、次のようになる。

「私の最も親しい友人、建築技術総監督レオナルド・ダ・ヴィンチのために、あらゆる地域の通行の自由と、彼に対する好意的な接待を命ずる。私から、公国内の全城塞《じようさい》の視察の任務を課せられた彼には、その任務を遂行するに必要な、あらゆる助力が充分に与えられねばならない。さらに、公国内のあらゆる城塞、要塞、施設、土木工事すべては、それを施行する前に、またそれを続行しながらも、技術者たちは、レオナルド・ダ・ヴィンチ総監督と協議し、彼の指示に従うことを命ずる。もしもこの私の命に反するような行為をした者は、いかに私が好意を持っている者であろうとも、私からの非常な立腹をこうむることを覚悟するように」

レオナルド・ダ・ヴィンチは、彼がやりたいと思っていることを充分にやらせてくれる相手を、若いチェーザレに見出したのである。チェーザレの許を去ったのは、決して、チェーザレの野望に嫌気《いやき》がさしたからではない。マキアヴェッリによればイタリアの光であったこの若い野心家は、そのわずか一年後に没落してしまったからだ。

私はまた、芸術家は常にパトロンの被害者であったという従来の定説にも、以前から飽き飽きしていた。記念碑好みの法王ジュリオ二世がいなかったら、ミケランジェロの才能も、あれほど見事に開花できなかったであろうし、優雅な趣味の法王レオーネ十世に好まれなければ、ラファエッロも、あんなに悠々《ゆうゆう》と仕事することはできなかったであろう。もしもチェーザレ・ボルジアの世がもう少し長く続いていたら、われわれは、レオナルド設計の城塞や港や、彼が最も興味を持っていた都市づくりの結晶まで見ることができたかもしれないのである。パトロンの面では、レオナルドは、これら三人のルネサンスを代表する芸術家の中で、最も恵まれることなく生涯を終った。

チェーザレの伝記なのだから、その中でレオナルドについて述べた部分は、わずか九ページにすぎない。しかし、その部分を、私は万感の思いをこめて書いたことを、今でもなつかしく思い出す。レオナルド・ダ・ヴィンチを主人公にして書くことはないであろうことが、すでにその頃からわかっていたのだからなおさらだった。

私にレオナルド・ダ・ヴィンチが書けない理由は、なんのことはない、高校時代にサボって勉強しなかったことを、改めて勉強し直す根気がもう私にはないからである。万能の天才とは、書き手にとってまことに困る存在である。とくにレオナルドのように、才能の大部分が自然科学に属している場合は、私のようにその面に自信の持てない書き手を絶望させる。

一人の人間の伝記を書くということは、つまり、その人物をモノにするために書くという私の考え方からすれば、彼を完全に理解し、それによって精神的にしても彼の一生を追体験できるという自信がなければ、とうていできることではない。私が今迄《まで》に好んで書いてきた戦争や陰謀だって、私にはそれをできるという自信があったからこそ愉《たの》しんで書くことができた。それなのに、レオナルドの一枚の設計図の前では途方にくれるしかない。

ダ・ヴィンチ村には、レオナルドの設計図どおりに作った各種の機械の模型を集めた、小さな博物館がある。そこにある模型の大部分が、ＩＢＭが作って寄贈したものであるのを知った時、ＩＢＭとレオナルドのつながりから、私は少しも違和感を受けなかった。それどころか、レオナルドがもしも第二次大戦後に生きていたら、イタリアの頭脳流出第一号になっていたにちがいないとさえ思ったものである。彼ら科学者には、レオナルドの業績もその限界も、設計図を見ただけで理解できるのであろう。そして、動力の問題がなぜレオナルドに解決できなかったかということも、彼らならば納得いくような説明ができるにちがいない。ミラノに行くと、今度はレオナルドの建築家的才能に唖然《あぜん》とさせられる。この方面での彼のファンタジアも相当なもので、こういうものは日本でも見たと思う設計がやたらとあって、まるで現代建築の博物館のようだ。五百年近くも昔に考え出されたとは、どうしても信じられないくらいである。私には、彼のファンタジアの素晴らしさに眼《め》を見張ることはできる。しかし、それがどのような実用価値の上に築かれているのかまでは理解できない。私に、建築の面での素養がまったくないからである。

先頃フィレンツェで開かれた、英女王所蔵のレオナルドの解剖図の展覧会を見た時も、同じようないらだちを押えることができなかった。

実物を見るのは、やはり刺激的である。写真で見るのとは、なんといっても迫力がちがう。小さな紙に精密に描かれた図と、その間のわずかのすき間も無駄《むだ》にしないとでもいうように、ぎっしりと細かく書きこまれた字は、当時の紙の値段がひどく高かったということが実感されて、なにか気の毒に思えたくらいであった。

だが、デッサンの美しさは堪能《たんのう》できても、また、当時の紙の高価さも実感できても、私には、レオナルドが描いた解剖図を理解できる医学知識がまったくない。こんなことなら高校の生物の時間でやったカエルの解剖をもう少しまじめにしておくのであった、などと後悔したが、もちろんカエルの解剖を何度やっても、人間の身体の仕組が直ちにわかるということでもなかろう。なにしろ私ときたら、いまだに腎臓《じんぞう》は二つあるのかそれとも一つなのかも知らないのだ。

しかし、医学のほうは、物理や建築に比べて、まだまだどうにかなる。夫から付きっきりの指導を受ければ、普通の解剖学程度ならば理解できないこともないであろう。それでも、レオナルドのいだいた野心、老衰の原因の解明などという、現代医学でもまだ解答を出していないような疑問を持ったレオナルドは、いったいどうすれば〝料理〟できるであろう。

では、あなたにとってレオナルド・ダ・ヴィンチは身近な存在ではないのか、と問われれば、身近かな存在でありすぎて困る、と答えるしかない。

フィレンツェの市立病院は、ダンテの憧《あこが》れの人であったベアトリーチェの父親が寄付したものだから、もう七百年は経《た》っている。レオナルドが解剖に通ったのも、この病院だった。現在でも市立病院なのだから、内部がだいぶ近代化されたのは当然だが、イタリアではこのように古い歴史を持つ病院はたくさんあって、それらはみな、昔の建物はそのままに、内部を少々近代化しただけで使っている。古い建物は取り壊して、同じ敷地に新しい現代建築を建てるなどということはしない。だから、地下にある実験動物の飼育室などは、近代化する必要があまりないところから、昔の造りがそのまま残っていたりする。そういうところに、仕事で通う夫に時々従《つ》いて行ったりすることがあって、そんな時私は、夫の仕事が終るまで、薄暗い地下室で待つのが少しも苦にならなかった。

解剖用の死体は、冷たい石造りの床にじかに置かれた一枚の板の上に安置されている。そのそばに、三十代も後半かと見える一人の男が、片ひざをついて死体に見入っているのが、蠟燭《ろうそく》の淡い光の中に浮び上がる。男は無言でメスを振う。死体が切り裂かれていくにつれて、臭気があたりを満たす。

皮がはがされる。男は、それを、手許のノートに細かく描いていく。描いている間も、流れる血はていねいにふき取らねばならない。骨から筋肉が切り離される。そこでまた、男は、その様《さま》を精密にデッサンする。いつものように左手で描くのだが、その左手に持ったペンの先が紙の上を走る音だけがしばらく続く。

死体解剖に自ら手をくだしたのは、レオナルドが最初であった。それまでは大学の医学部でも、解剖は、教授が指示するとおりに床屋がメスを振うものとされていたのである。学生たちは、解剖されていく死体のそばに立ち、床屋がとり出す臓器を、教授が説明するのを書きとるのであった。長衣《トーガ》を着けるほどの人は、つまり当時では学問をするとされた人は、自分からメスを取るなどということは、やってはならないこととなっていたのである。

医学者自らが執刀した人体解剖の最初は、パドヴァ大学の医学部の教授であったアンドレア・ヴェサーリオであると言われている。彼は、学生たちに囲まれた解剖台の前で、床屋にまかせることもなく自らメスを振いながらの授業をした、ヨーロッパでは最初の学者であった。執刀しただけでなく、ヴェサーリオはレオナルドと同じように、解剖図まで自分で描いたのである。レオナルドのそれのように芸術的に素晴らしいものではないけれど、解剖図としては実に正確で、また上手《うま》い。一五四三年に出版されたヴェサーリオの解剖全書は、ティツィアーノの弟子たちが装丁に協力したりしたので美しい書物になったが、解剖学の「一里《いちり》塚《づか》」を築いたものとして、その方面での古典的な書物ということになっている。しかし、レオナルドに遅れること半世紀にして出た業績である。

それに、大学教授であったヴェサーリオは、学生たちに囲まれて、おそらく昼の陽光に恵まれて解剖したと思うのに、わがレオナルドは、昼なお暗い地下の部屋で、蠟燭の光だけを頼りにやらねばならなかった。有能な助手もなく、なにもかも一人でやらねばならなかったレオナルドの孤独は、死体解剖ということに、確たる大義名分を持たないことにも由来していたにちがいない。アカデミックな学者ならば心配する必要もないことに、在野の研究者と言ってもよい画家レオナルドは、常におびやかされていたのである。あんのじょう、その後ローマへ行ったレオナルドは、死体解剖を法王から禁じられてしまった。

もちろん、近代解剖学の父と言われるヴェサーリオのことだから、半世紀も前に成されていたレオナルドの業績をもしも知る機会があったのなら、参考にしたであろう。しかし、レオナルドの孤独な仕事の成果は、当時では公《おおや》けにされていなかったために、レオナルドはヴェサーリオに少しも影響を与えることができなかった。

このような自らの運命を知っていたかのように、レオナルドは、解剖でも建築でも絵画についても、デッサンに付けられた解説を、「キミは」と第二人称単数を使って書いている。まるで、眼に見えない誰かに呼びかけているかのようだ。そこにはいないけれど、いつかどこかで彼を理解し、彼の言おうとしたことに耳をかたむける人がいると信じていたかのように。

私は、彼が興味をいだいたことが少しもわからず、おかげで彼の一生を書くことができないけれど、一度だけ、私には比較的理解可能な絵画論で、レオナルドの言を忠実に実行したことがある。チェーザレ・ボルジアを書いた書物の中で、それをやった。レオナルドが、「キミが○○を描く時は、このように描けばよい」とあるそのところを、彼が言うままに私は自分の頭の中に描いてみた。そして、頭の中にあるその絵を、今度は原稿用紙の上に文字を使って描写したのである。あの書物の中の描写は、だから、すべてがレオナルドの絵画論どおりに描いてあるはずだ。あそこに登場するレオナルド自身もふくめて。

一生には、時に不可能なことがあるほうが人間的だと私は思っている。そして、そういう不可能を、可能よりも私は大切に思う。

解説

佐々淳行

私が本書の著者である塩野七生さんと知り合ったのは、今から二十何年も前、狂瀾怒濤《きょうらんどとう》の七〇年代のことだった。彼女を私に紹介したのは当時中央公論の編集長だった粕谷一希氏である。きけば庄司薫氏の日比谷高校の同級生で、ボッティチエッリを学習院大学の卒業論文のテーマに選び、更にイタリアに留学してイタリアの歴史を学び、帰国後中央公論に「ルネサンスの女たち」を連載した、新進の女流作家だという。庄司薫氏も当時「赤頭巾ちゃん気をつけて」で芥川賞をとり、一躍筆名をあげた新進作家だ。いま思うと汗顔の至りだが、私の反応は「ほう、そうですか、それはどうも」といった感じの失礼極まるものだった。聡明《そうめい》な女性であることはその黒曜石のようにキラキラ光る目をみればわかる。彼女は賢く口を閉じ、耳を開いて、勝手な男の世界の話題に耽《ふけ》る私たちを興味深げにジッと観察しているのであった。だが女を描く女流作家はいくらでもいるし、当時まるっきり男の世界で暮していた私にとっては所詮《しょせん》縁のない別世界のひとだと思っていた。なにしろ当時の私は警視庁警備課長からさらに警察庁警備局の外事課長、警備課長などと、第二次反安保闘争の狂瀾を既倒に廻《かえ》すピース・メイカーの職にあり、東大安田講堂事件から神田カルチェ・ラタン闘争、よど号事件など一連の海外日本赤軍ハイジャック事件の処理、連続企業爆破事件から浅間山荘事件の現場指揮と、殺気をみなぎらせ、催涙ガスの匂《にお》いを漂わせる警察の野戦指揮官だったからだ。きっと心の中で〝女は乗せない戦闘機〟なんて軍歌をくちずさむ心境だったのだろう。ところがである。

「おやッ？　この女《ひと》、男のこと書けるじゃないか」と思ったのが『チェーザレ・ボルジアあるいは優雅なる冷酷』を読んだときだった。そして彼女は毎日出版文化賞を皮切りに、サントリー学芸賞、菊池寛賞、女流文学賞、新潮学芸賞と各賞を総なめにしはじめたのである。

さらに『男たちへ』『再び男たちへ』『わが友マキアヴェッリ』などと続く、彼女の作品に私は瞠目《どうもく》した。そして不朽の戦争三部作、いやむしろ〝武勲詩《シャンソン・ド・ジェスト》〟というべき『コンスタンティノープルの陥落』『レパントの海戦』『ロードス島攻防記』に至って私の驚きは尊敬にかわった。この女流歴史家は、政治、外交、戦争、諜報《ちようほう》活動、陰謀、そして戦闘場面が書けるのだ。とくに女にはわからないはずの戦う男の心が読めるのに驚いた。近年に至って、かのモムゼンがその前半を、ギボンがその後半を、二人がかりでやっと書きあげたローマ千年史を、これから毎年一冊ずつ、ひとりで通しで書くのだと宣言した彼女が、第一作『ローマ人の物語』、第二作『ハンニバル戦記』と本当に書き始めたのには仰天した。その意気たるや誠に壮、こりゃあ長生きしないと塩野ローマ史は最後まで読めないぞと心をひきしめる今日この頃《ごろ》である。

私を塩野七生さんに紹介した粕谷一希氏はこの『イタリア遺聞』第十三話「ある出版人の話」に登場するアルド・マヌッツィオのような〝この世にまれにしか存在しない編集者兼出版業者〟である。アルド・マヌッツィオは一四五〇年前後グーテンベルグの発明した印刷技術を十五世紀にヴェネツィアに導入してヴェネツィアをヨーロッパ出版業の一大中心地となし、当代きっての知識人エラスムスを校正係に使い、「イタリック」を発明し、全財産を投入して文化伝達という高尚な事業に情熱を燃やし、遂に破産して花の代りに彼が生涯《しょうがい》に出版した書物の数々に遺体を飾られてこの世を去った貧乏貴族である。粕谷氏も破産しないよう気をつけて欲しいものだが、中央公論編集長時代に庄司薫、山崎正和、高坂正堯、永井陽之助各氏ら当代の高名な知識人たちとともに塩野七生氏を世に出した名編集者であり今は「東京人」「外交フォーラム」を出版する出版者でもある。人の出会いというものは不思議なもので、当時私を塩野さんにひきあわせた粕谷一希氏も警察の現場指揮官だった私が二十数年後の今塩野さんの本の解説をすることになろうとは、夢にも思わなかったことだろう。

『イタリア遺聞』第二十七話「西方の人」を読んでいて思わず笑ってしまった。『神の代理人』を書くためヴァティカンの古文書庫に通っていた頃、廊下で法王に紹介された塩野氏が、「中央公論」に連載中、というと法王が「チュウオー・コウロン、どういう意味？」とたずねた。塩野「右でも左でもない中立の立場」法王「日本人は、それが可能だと信じているのですか?」塩野「少なくとも編集長は、信じてはいないようです。それで、右も左も一緒に載せることで、伝統を継承しようと……」法王「なるほど」と微笑《ほほえ》む、というくだりがあったからだ。私も実は一九五六年ハンガリーのブダペスト暴動の際、粕谷氏のすすめで「私はブダペストの警官にはなりたくない」という強烈なソ連批判論文を中央公論に発表して時の〝進歩的文化人〟たちに袋叩《だだ》きになったことがある。さしずめ私は「伝統継承のための右の意見の代表」だったのだろう。

塩野氏の人との出会いにはこんなのもある。私が初代の内閣安全保障室長として首相官邸の後藤田正晴官房長官の下で働いていた頃のある朝、突然塩野七生氏から電話があった。「後藤田正晴ッてどんな人?」「なぜきくの?」「新潮45の対談相手に現代の政治家で最も興味のある人ということで選んだんだけど、日本のマキアヴェッリっていわれてるそうね」「ちがうよ。マキアヴェッリは実務家ではなかったはず。強《し》いていえば後藤田さんは日本のジョゼフ・フーシェだよ」……出勤した私は今度は後藤田官房長官から「塩野七生って女はどんな女だ? なんでワシに会いたがる?」ときかれた。「マキアヴェッリの研究家で手ごわいですよ。現代政治家中最も興味ある人物ということで対談申し入れだそうです」……この老獪《ろうかい》な老政治家と女流歴史家の対談は波長が合ったとみえて大成功に終った。

後藤田氏はすぐ秘書官を呼んで「すぐ本屋に行って塩野七生の書いた本、全部揃《そろ》えて買ってこい」と命じた。後藤田氏が「最も興味ある日本の政治家」として対談相手に選ばれたことをあとから知った、時の中曽根康弘首相が「なぜ僕のところへこなかったのだろう?」と訝《いぶか》ったという余談も、いかにも中曽根さんらしくて面白い。この出会いはその後彼女のお遊びの作品『聖マルコ殺人事件』が宝塚歌劇団によって上演のはこびとなったとき、「宝塚なんて生れて初めてだ」とてれる後藤田氏を塩野氏が誘って一緒に観劇するという成行となるのである。

さて、肝腎《かんじん》の『イタリア遺聞』の解説だが、これは一九七九年二月から約三年間、雑誌「波」に連載された三十篇の短篇をまとめたもので、一九八二年の初版以来十年間で二十五刷を重ねた随想集である。好奇心の強い著者が十余年の著作活動を通じてヴェネツィア方言の史料や各国に派遣されていたヴェネツィア外交官たちの情報報告書を、時のテーマと関係のない余計なことまで調べあげたものの本文には使わなかった遺聞集である。その話題は広《こう》汎《はん》多岐にわたり、不整脈のように早く遅く、高く低く脈打っているから新潮社の編集者はさぞ苦労したことだろう。だが『イタリア遺聞』は、芳醇《ほうじゅん》な大吟醸酒《だいぎんじょうしゅ》を絞りとったあとの香り高い酒粕《さけかす》である。焙《あぶ》って食べても香ばしいし、粕汁にして飲んでもリッチなのだ。

これまで塩野七生氏とは庄司薫・中村紘子邸で、あるいは粕谷邸で夕食とそれに続くサロン的歓談の楽しい集いをしばしばもった。『レパントの海戦』や『ハンニバル戦記』はあまり重々しいのでサロンでの楽しい会話にはなじまない。だがこの『イタリア遺聞』こそ箸休《はし》めにふさわしい短篇であり、実生活には関係のない、教養豊かな好個の話題だ。

本書第十四話「語学について」の中で塩野氏は自分は天性の語学者に必要な「耳」がないから現代イタリア語では「昇進が約束された人」を「約束が昇進された人」などとまぬけな間違いを犯すが、「慣れと必要」に迫られると五百年前の古代イタリア語、ヴェネツィア方言の外交官たちの古文書を原文で読解する力を備えている、とのべている。ここに塩野古代イタリア文学が限りなく歴史学に昇華してゆく推力の秘密がある。彼女はヴェネツィア方言の第一次史料を入手し、古公文書館や図書館に通って原書を熟読し、古地図を精査し、報告書や手紙を原文で読んで、歴史上の人物の人生を追体験しながら書くから、あの凄《すさま》じい臨場感が生れるのだ。この第一次史料を古代イタリア語で読破する語学力とあくなき好奇心と、信じられないぐらいの執拗《しつよう》さが塩野文学のもつド迫力であることが『イタリア遺聞』を読むとわかる。例えば第二十五話「ベンジャミン・フランクリンの手紙」がそれだ。滅亡寸前のヴェネツィア共和国の外交文書の中に新大陸に誕生した新しい国家・アメリカ合衆国からの友好通商条約を求める外交文書を発見して彼女は驚く。一七八三年の日付が入り、米国建国の父ジョン・アダムス（第二代大統領）、ベンジャミン・フランクリン（避雷針の発明者）、トーマス・ジェファーソン（第三代大統領）らの署名があるという。独立戦争中に中立を保ったヴェネツィア共和国の駐仏大使ダニエル・ドルフィン宛《あて》の文書だが、歴史の舞台から退場してゆくヴェネツィアと、二十世紀最強の国として登場してくるアメリカとが舞台のすそでふと手をふれ合う感じの歴史的新事実の発掘である。面白いことにドルフィン大使が本国の指示を仰いだ文書の端に「アメリカ合衆国は、将来、世界で最も怖るべき力を持つ国家になるでありましょう」と二百年前に自分の意見として書き添えてあったという。ノストラダムスの大予言みたいで昂奮《こうふん》するではないか。なおヴェネツィア共和国は、なぜかこれに応じなかった。アメリカは当時すでにオランダ、フランス、スウェーデンと友好通商条約を結び、プロイセンとデンマークと外交交渉中だったこともこのドルフィン報告で明らかになった。

第二十九話「再びスパイについて」では、マルコ・ポーロに次いで最も有名なヴェネツィア市民だった稀代《きだい》の遊蕩児《ゆうとうじ》ジャコモ・カサノヴァが、八年間政府のスパイとして堕落した風俗営業や危険思想の書物を扱う書店や危険分子の集会所のカフェなどに関する調査報告書を国家審問委員会に提出していた事実を、この物好きな女流作家は日付入り原文つきで証明してみせるのだ。女と賭《か》け事に精力を費して国外脱出したカサノヴァの帰国歎願《たんがん》に対する政府の条件は、国家のための諜報活動だったのである。結局彼は再び国外逃亡し、客死する。

第一話「ゴンドラの話」はゴンドラがなぜ一六三三年に黒一色に統一されたのか、といえばヴェネツィアのバブル経済がはじけたことと関係ありなんていう話は、初耳である。それに黒は喪色で縁起が悪いというのは誤りでカトリック国の喪色は本当は紫だというのも新知識だ。

ティシュ・ペーパーが淑女の必携品だったレースのハンカチを駆逐してしまった今日、ヨーロッパ文化の中で十五世紀から十六世紀にかけてヴェネツィアのレースのハンカチをもたない者は人に非ずという大流行時代があったなんて誰も知らない（第二話「デスデモナのハンカチーフ」）。こういう日常生活には直接関係のない余分な知識が「教養」とよばれるもので、日本には育たないサロンでの会話を支える粋《いき》な話題なのだ。

古代ヴェネツィア共和国だけが国家の観念のなかった十三世紀のヨーロッパで「国債」をもっていたことは第四話「ある遺言書」が（元首《ドージェ》ラニエリ・ゼンの財産目録より）、コーヒーが欧洲《おうしゅう》に流行したのは一五八五年駐トルコ・ヴェネツィア大使ジャンフランコ・モロシーニ大使がコンスタンティノープルのトプカピ宮殿で愛飲されている、頭をハッキリさせるための黒い飲物カヴェ Cavée の種を持ち帰ったことに端を発し、二百年で西欧の上流社会に拡《ひろ》まったものであることは第九話「大使とコーヒー」が、それぞれ教えてくれる。煙草はある時期悪徳とされた。一六四二年法王ウルバノ八世は「タバッコ吸飲者は破門」と決定していた由《よし》だ（第十七話「暦をめくれば……」）。ユダヤ人居住区を《ゲットー》とよぶようになったのはそもそもヴェネツィア方言で「固い団結」を意味するもので、ヴェネツィア商人とユダヤ人は割にうまく行っていて、シェクスピアの「ヴェニスの商人」にいうシャイロックは在ヴェネツィア・ユダヤ人の第二分類「エブレイ・テデスキ」に属する金貸しで、法定利子の上限は十五％だったそうである（第二十話「シャイロックの同朋《どうほう》たち」）。

トルコのトプカピ宮殿の三百人の美女侍《はべ》るハーレム物語も興味深い（第六話「ハレムのフランス女」、第二十二話「後宮からの便り」、第二十三話「奴隷から皇后になった女」）。

また第二十六話「国破れて……」で、読者はフランス・パリのルーヴル美術館所蔵のルネッサンス絵画の逸品、ティツィアーノ、ティントレット、ヴェロネーゼ作の泰西名画の多くが、一七九七年ナポレオンによってヴェネツィア共和国が滅ぼされたとき、戦利品としてナポレオンが持ち帰ったものであることを教えられる。著者はその詳細な接収目録を示してその事実を立証するのだ。面白いのは一八一五年ナポレオン失脚の後、外交上の配慮から幾つかの財宝がヴェネツィアに返還されたが、その中にヴェネツィアが六百年前にコンスタンティノープル陥落の際持ち帰り、ヴェネツィア滅亡の時ナポレオンがパリに移して聖マルコ寺院の正面に飾った四頭の青銅の馬の彫刻があったことである。この四頭の馬を飾られた国は必ず滅びるという伝説が流布《るふ》されたからだという。すなわち、ローマ、ビザンチン、ヴェネツィア、そしてナポレオン帝国と……。

第七話の「オデュッセイア異聞」も面白い。医師である御主人の説によると、トロイの木馬の英雄、ホメロス描くオデュッセウスこそ地中海世界の男の中の男。トロイを陥落させたあと部下ともども十年間妻ペネロペのところへ戻らずに放浪の旅を楽しみ、帰国したときはハシゴ酒で朝帰りした恐妻家亭主がよくやるように、一ツ目の巨人などの冒険談をデッチ上げたのだというのだ。

第三十話「レオナルド、わが愛」では著者は、戦争や陰謀、ボルジアやカエサルは書く自信はあるが、建築家、解剖学者、機械発明家のレオナルド・ダ・ヴィンチとなるとその一生を追体験することができないので、ダ・ヴィンチは書きたいが書けない、と告白している。そして「一生には、時に不可能なことがあるほうが人間的だと私は思っている。そして、そういう不可能を、可能よりも私は大切に思う」と結んでいる。

女の塩野七生さんがどうして戦う男の心が描けるのだろうと、かねがね訝っていた私は、第八話「スパルタの戦士」を読んだとき、そのわけがわかったような気がした。それはロードス島で会ったギリシャ軍落下傘《らっかさん》部隊の隊長で、身分はギリシャ人というより純血なスパルタ人の子孫だといいはるギリシャ軍将校の話である。彼の意見によればアテネや地中海の島々のギリシャ人はトルコ人との混血で変質してゆき、山奥にいて二千五百年間純血を保ってきたラケダイモンの子孫たちこそが真のスパルタ人だという。最精鋭の二百名のパラトルーパーたちは指揮官である自分が死んでくれといえば喜んで死ぬ。なぜそんなに確信があるかといえば「常日頃死なせないようにこちらが配慮しているから、死んでくれと言った時は、彼らは死んでくれる」というのだ。

ローマの市民兵は何回戦ってもカルタゴのハンニバル率いる傭兵《ようへい》に勝てなかった。なぜなら傭兵たちはハンニバルに心酔していたからだ。ハンニバルを破ってポエニ戦役の英雄となった若き〝アフリカヌス・スキピオ〟は、兵を死なせないよう配慮し、いざ負傷したとなると徹底的に面倒をみるハンニバルのやり方を真似《まね》し、部下の名前、顔、家族関係を覚え、ローマ軍団をハンニバル式に強化したのである。著者は、トルコ軍とのキプロス紛争の野戦の匂いを強く漂わすこのスパルタ人の将校が「スパルタの戦士とは、国のためでもなく金のためでもなく、ただ戦いのために戦う兵士のこと」と主張するのをきいて、「これは、男たちの世界だ。その世界では、われわれ女は除外され、ただ外側から、嫉妬《しっと》を感じながら眺《なが》めるしかない。この男同士の間に生れる、官能的と言ってもよい関係を一度でも味わった者は、それのない世界に生きることはほとんど不可能になるのであろう」とのべている。

彼女は女にはわからないはずのこの戦士たちの心を、なぜか理解しているのである。兵士が命を賭けて戦うのは、戦友のためと、そして彼らのことを知ってくれており、心がけてくれていると日頃思いこんでいる上官のためなのである。この点がわかっているから塩野七生はあれだけの迫真力と臨場感をもって戦闘場面を活写できるのだ。

『イタリア遺聞』は、教養の書である。それは日常の物質的・技術的生活には何の役にも立たない知識の盛り合せだが、知性と人間味豊かな知的会話には欠かせない、そしてテレビや週刊誌からは絶対に得られない「教養」とよばれる知識だと、私は思う。われわれ昭和一桁《ひとけた》世代は、昔旧制高校の教養の場でこういう日常生活にはすぐ役に立たない知識を求めて哲学書や文学作品を読み漁《あさ》り、クラシック音楽に耳を傾けて機械文明によって駆逐され勝ちな人間文化の教養を身につけようと努めたものだった。『イタリア遺聞』はあの頃の余裕ある日々を懐《なつか》しく思い出させてくれる。

もしサロンで教養豊かな会話を楽しもうと思ったら、『イタリア遺聞』のような知識を吸収しないといけない。それにしてもこの本を読むと、塩野七生さんという人はよくまあいろんなことを知ってる人だとあらためて感心させられる。

（一九九四年二月、元内閣安全保障室長）

この作品は一九八二年七月新潮社より刊行された。

塩野七生著　チェーザレ・ボルジア あるいは優雅なる冷酷

ルネサンス期、初めてイタリア統一の野望をいだいた一人の若者――〈毒を盛る男〉としてその名を歴史に残した男の栄光と悲劇。

塩野七生著　コンスタンティノープルの陥落

一千年余りもの間独自の文化を誇った古都も、トルコ軍の攻撃の前についに最期の時を迎えた――。甘美でスリリングな歴史絵巻。

塩野七生著　ロードス島攻防記

一五二二年、トルコ帝国は遂に「喉元のトゲ」ロードス島の攻略を開始した。島を守る騎士団との壮烈な攻防戦を描く歴史絵巻第二弾。

塩野七生著　レパントの海戦

一五七一年、無敵トルコは西欧連合艦隊の前に、ついに破れた。文明の交代期に生きた男たちを壮大に描いた三部作、ここに完結！

塩野七生著　マキアヴェッリ語録

浅薄な倫理や道徳を排し、現実の社会のみを直視した中世イタリアの思想家・マキアヴェッリ。その真髄を一冊にまとめた箴言集。

塩野七生著　サイレント・マイノリティ

「声なき少数派」の代表として、皮相で浅薄な価値観に捉われることなく、「多数派」の安直な〝正義〟を排し、その真髄と美学を綴る。

塩野七生著
愛の年代記
欲望、権謀のうず巻くイタリアの中世末期からルネサンスにかけて、激しく美しく恋に身をこがした女たちの華麗なる愛の物語9編。

塩野七生著
イタリアからの手紙
ここ、イタリアの風光は飽くまで美しく、その歴史はとりわけ奥深く、人間は複雑微妙だ。――人生の豊かな味わいに誘う24のエセー。

塩野七生著
人びとのかたち
銀幕は人生の奥深さを多様に映し出す万華鏡。数多の現実、事実と真実を映画に教えられた。だから語ろう、私の愛する映画たちのことを。

光野 桃著
おしゃれの視線
おしゃれを通して本当の自分を見つける――パリでミラノで、魅力的な女たちを見つめ続けてきた著者が贈る〝おしゃれへの近道〟。

須賀敦子著
トリエステの坂道
夜の空港、雨あがりの教会、ギリシア映画の男たち……、追憶の一かけらが、ミラノで共に生きた家族の賑やかな記憶を燃え立たせる。

妹尾河童著
河童が覗いたヨーロッパ
あらゆることを興味の対象にして、一年間で歩いた国は22カ国。泊った部屋は115室。旺盛な好奇心で覗いた〝手描き〟のヨーロッパ。

向田邦子著

思い出トランプ

日常生活の中で、誰もがもっている狡さや弱さ、うしろめたさを人間を愛しむ眼で巧みに捉えた、直木賞受賞作など連作13編を収録。

向田邦子著

阿修羅のごとく

未亡人の長女、夫の浮気に悩む次女、オールドミスの三女、ボクサーと同棲中の四女。四人姉妹が織りなす、哀しくも愛すべき物語。

向田邦子著

男どき女どき

どんな平凡な人生にも、心さわぐ時がある。その一瞬の輝きを描く最後の小説四編に、珠玉のエッセイを加えたラスト・メッセージ集。

宮城谷昌光著

史記の風景

中国歴史小説屈指の名手が、『史記』に溢れる人間の英知を探り、高名な成句、熟語のルーツをたどりながら、斬新な解釈を提示する。

宮城谷昌光著

玉人

女あり、玉のごとし――運命的な出会いをした男と女の烈しい恋の喜びと別離の嘆きを幻想的に描く表題作など、中国古代恋物語六篇。

宮城谷昌光著

晏子（一〜四）

大小多数の国が乱立した中国春秋期。卓越した智謀と比類なき徳望で斉の存亡の危機を救った晏子父子の波瀾の生涯を描く歴史雄編。

林真理子著

本を読む女

著者自身の母をモデルにして、本を読むことだけを心のかてに昭和を懸命に生き抜いた一人の文学少女の半生を描いた力作長編小説。

林真理子著

ミカドの淑女《おんな》

その女の名は下田歌子。明治の宮廷を襲った一大スキャンダルの奇怪な真相を、当時の異様な宮廷風俗をまじえて描く異色の長編小説。

林真理子著

天鵞絨物語

妻にも祝福される恋をしたい――夫が望む奇妙な関係のなかで、むくわれぬ愛を貫く品子。愛憎渦巻く上流社会を、華やかに描いた長編。

村上春樹著

螢・納屋を焼く・その他の短編

もう戻っては来ないあの時の、まなざし、語らい、想い、そして痛み。静閑なリリシズムと奇妙なユーモア感覚が交錯する短編7作。

村上春樹著

世界の終りとハードボイルド・ワンダーランド（上・下）

谷崎潤一郎賞受賞

老博士が〈私〉の意識の核に組み込んだ、ある思考回路。そこに隠された秘密を巡って同時進行する、幻想世界と冒険活劇の二つの物語。

村上春樹著

辺境・近境

自動小銃で脅かされたメキシコ、無人島トホホ潜入記、うどん三昧の讃岐紀行、震災で失われた故郷・神戸……。涙と笑いの7つの旅。

新潮文庫最新刊

江上剛著
起死回生
銀行は、その使命を投げ出し、貸し剥がしに狂奔する。中堅アパレルメーカーを舞台に、銀行に抵抗して事業再生にかける男たちの闘い。

幸田真音著
傷 ―邦銀崩壊―（上・下）
花形ディーラーがNYのホテルから身を投げた。真相を求め、復讐を誓う恋人と親友。途方もないその計画とは？　衝撃のミステリー。

谷沢永一著
冠婚葬祭心得
どなたも苦労されるおつきあいの作法をお教えしましょう。勘所さえ知ればあとは簡単。人間観察の達人による理に適った指南書。

櫻井よしこ著
日本が犯した七つの大罪
日朝交渉、道路公団民営化、住基ネット……。櫻井よしこが徹底した取材でこの国の政治の欺瞞を暴き、真の日本再生の方途を探る。

糸井重里監修
ほぼ日刊イトイ新聞編
オトナ語の謎。
なるはや？　ごごいち？　カイシャ社会で密かに増殖していた未確認言語群を大発見！　誰も教えてくれなかった社会人の新常識。

糸井重里監修
ほぼ日刊イトイ新聞編
言いまつがい
「壁の上塗り」「理路騒然」。言っている本人は大マジメ。だから腹の底までとことん笑える。正しい日本語の反面教師がここにいた。

イタリア遺聞《いぶん》

新潮文庫　し-12-8

平成六年三月二十五日発行
平成十七年三月二十五日二十五刷

著者　塩《しお》野《の》七《なな》生《み》

発行者　佐藤隆信

発行所　株式会社新潮社

郵便番号一六二―八七一一
東京都新宿区矢来町七一
電話 編集部(〇三)三二六六―五四四〇
読者係(〇三)三二六六―五一一一
http://www.shinchosha.co.jp

価格はカバーに表示してあります。

乱丁・落丁本は、ご面倒ですが小社読者係宛ご送付ください。送料小社負担にてお取替えいたします。

印刷・錦明印刷株式会社　製本・錦明印刷株式会社

ISBN4-10-118108-X C0195